LES EXILÉES

DE LA SOUABE

PAR

Mlle LOUISE DIARD

TOURS

ALFRED MAME ET FILS, ÉDITEURS

BIBLIOTHÈQUE

DE LA

JEUNESSE CHRÉTIENNE

APPROUVÉE

PAR Mᵍʳ L'ARCHEVÊQUE DE TOURS

SÉRIE PETIT IN-8

Il semblait que dans les broussailles et s'étant accroupi,
scrutant le passage des brigands.

LES EXILÉES
DE LA SOUABE

PAR

Mⁱˡᵉ LOUISE DIARD

TOURS

ALFRED MAME ET FILS, ÉDITEURS

—

M DCCC LXIV

LES EXILÉES
DE LA SOUABE

I

La famille Leimeriz.

Au commencement du XIIIᵉ siècle, vers l'an
1212, vivait en Allemagne, dans le cercle de
Souabe, une famille composée de trois membres
seulement, auxquels s'adjoignait un vieux serviteur, que ses maîtres traitaient comme un ami.
Nous avons parlé de maîtres, nous avons mal dit;
c'est maîtresses qu'il eût fallu écrire.

En effet, les trois personnages que nous pré-
sentons au lecteur en compagnie du vieillard
étaient trois femmes : la mère, Brigitte Leimeriz,
Marguerite et Rose, ses deux filles.

Brigitte n'avait que trente-six ans; son visage
respirait une certaine grâce rustique, et la paix

1

de l'âme se reflétait sur ses traits. Toutefois son front portait l'empreinte de quelques rides, creusées par les épreuves de la vie.

Mariée à dix-huit ans à Frédéric Leimeriz, elle avait vécu neuf ans avec son époux, mort prématurément dans la fleur de sa jeunesse. Il lui laissa en quittant ce monde deux filles, dont l'aînée, à l'époque où commence ce récit, avait dix-sept ans, et la plus jeune quinze.

Cette famille occupait une maison d'apparence aisée, dans un hameau appelé Haslingen, composé d'une vingtaine d'habitations, qui s'étageaient sur le flanc doucement incliné d'un mont peu élevé.

De ce hameau l'œil pouvait embrasser un grandiose et charmant paysage. En bas, au milieu d'une vaste prairie arrosée par un ruisseau, le chef-lieu de la paroisse avec ses maisons entremêlées d'arbres aux formes les plus variées; au delà, une magnifique vallée bordée de deux chaînes de collines qui s'abaissent ou se redressent, avancent ou reculent, et çà et là sont couronnées à leur sommet ou revêtues sur leurs pentes des sombres pins de la forêt Noire. Le Neckar, jaillissant du pied d'une de ces collines, puis serpentant dans la vallée, tantôt pour se cacher sous de frais ombrages, tantôt pour reparaître et se former en petits lacs unis comme une glace ou en cascades écumantes, d'autres fois pour prêter ses eaux à un moulin ou rafraîchir de riches cultures. Plus loin, les coteaux fameux qui donnent le vin du Rhin. Enfin, dans le lointain, les flèches des clochers de la ville de Roth-Weil.

Contents du coin de terre qui leur était échu, les habitants n'ambitionnaient ni les agréments et les jouissances de la ville, ni le mouvement des villages plus populeux. Ils se plaisaient dans leur solitude, vivant et mourant tranquillement aux lieux qui les avaient vus naître.

Cependant il leur manquait une grande consolation, et c'était là l'unique objet de leurs souhaits; Haslingen n'avait pas d'église. En ces jours de foi naïve et ardente, où l'autel catholique tenait une place si considérable dans l'existence des nations de l'Europe, cette privation, il est facile de le concevoir, devait être immense. Dieu, sans doute, est partout présent, dans la brise qui au printemps agite doucement les airs, dans la fleur qui s'épanouit brillante et parfumée, dans l'humble brin d'herbe qui pousse, dans la ramure vigoureuse et verdoyante du chêne de la forêt, dans le vent qui souffle, dans la tempête qui éclate; sa main puissante se fait sentir sans cesse. Mais l'autel, le tabernacle catholique, renferment des mystères augustes; l'Homme-Dieu, qui y est substantiellement présent sous le voile des espèces sacrées, remplit l'église d'une atmosphère plus

suave, d'un parfum mille fois plus exquis que
ceux qu'on respire ailleurs.

Il ne faut pas croire néanmoins que les habitants de Haslingen négligeassent l'accomplissement de leurs devoirs religieux ; ils n'omettaient aucune des prescriptions de la loi chrétienne ; et, s'ils regrettaient ordinairement de ne point posséder de sanctuaire au milieu d'eux, ils aimaient à penser qu'il leur serait tenu compte un jour par le Seigneur d'avoir été deshérités de ce bonheur. Le dimanche, ils descendaient fidèlement au bourg d'Oblinger, paroisse dont leur hameau dépendait, pour y assister à la sainte messe et la plupart du temps aux vêpres. Ils aimaient tant à admirer les cérémonies du culte et à chanter leurs pieux cantiques allemands, qu'ils comptaient pour rien la fatigue, la faim, le froid ou la chaleur. Ils se délassaient dans la prière fervente qui s'exhalait sans effort de leurs âmes.

Le soir du dimanche, tous ces braves gens retournaient par petits groupes au hameau, comme ils étaient venus. Chacun rentrait dans sa maison, et répondait avec empressement aux questions de ceux qui étaient restés, et qui, bien des fois dans la journée, avaient jeté un regard tristement résigné sur la route d'Oblinger. Il fallait raconter à ces gardiens du foyer, dans les plus minutieux détails, les pompes de la fête, les paroles tombées de la chaire. Une hymne religieuse, empruntée à l'office du temps, terminait le dimanche.

Brigitte et ses deux filles donnaient l'exemple de l'assiduité aux exercices saints du dimanche. Depuis que ses enfants pouvaient faire à pied le trajet de Haslingen à la paroisse, elle laissait sa maison seule, sous la garde de Dieu. Lorsqu'on lui faisait quelque observation sur son imprudence, elle répondait :

« Je ne connais que d'honnêtes gens dans le pays. D'ailleurs, s'il m'arrivait d'être volée, je ne m'en affligerais aucunement; Dieu saurait bien me dédommager d'autre façon. »

Ces sentiments suffisent, nous le croyons, pour donner une idée complète de la foi vive de Brigitte. La pieuse femme ne permettait pas non plus que son serviteur, Hans Klein, demeurât à la maison le dimanche, excepté dans le cas de maladie.

« Son âme, disait-elle encore, est aussi précieuse que les nôtres aux yeux du Seigneur. Pourquoi la priverais-je des instructions du dimanche et des bénéfices de la prière publique? »

Hans Klein se rendait donc chaque semaine à l'église d'Oblinger en compagnie de ses maîtresses. Assez souvent des habitants du hameau s'adjoignaient à la famille Leimeriz. Un jeune homme appelé Frank Muller ne manquait jamais de faire route avec Brigitte, ses filles et le vieillard. Il semblait trouver un charme particulier dans leur société, et il ne s'en séparait pas volontiers.

Frank Muller, âgé de vingt ans à peine, était fort et vigoureux; son visage, légèrement bronzé par le grand air, était d'une mâle beauté, et reflétait une candeur merveilleuse, indice de l'innocence de l'âme.

Frank habitait le hameau de Haslingen, où il était réputé le plus brave et le plus honnête garçon de la contrée. Il s'occupait, comme la plupart de ses compatriotes, à abattre dans la forêt les vieux troncs de hêtres et de chênes, ou, quand la saison le permettait, à recueillir la résine découlant des sapins. Nul n'était plus actif, plus laborieux que lui; nul ne s'acquittait plus habilement de son métier.

Le jeune homme, sûr de ses forces et singulièrement brave de sa nature, s'aventurait sans crainte, même la nuit, dans les profondeurs des bois, qu'il connaissait parfaitement. Armé de sa forte cognée, il avançait, le pas ferme, l'œil vigilant et calme. Il lui arrivait aussi, l'hiver surtout, d'engager des luttes terribles avec les bêtes fauves qui rôdaient autour des villages. Et l'on avait vu plusieurs fois l'intrépide bûcheron rentrer triomphalement à Haslingen, portant sur ses épaules la dépouille d'un ours ou d'un loup, tombé sous sa cognée redoutable.

Une grande modestie, une simplicité d'enfant, rehaussaient les belles qualités de Frank. Le bon curé d'Oblinger, qui l'avait baptisé, le regardait comme un de ses meilleurs et de ses plus vertueux paroissiens ; il se plaisait à lui faire raconter ses exploits dans la montagne ; le brave garçon obéissait en rougissant, et montrait une timidité qui lui seyait à ravir.

Frank Muller, orphelin de bonne heure, avait été confié par sa mère mourante à Brigitte.

« Amie, avait dit la malheureuse mère à la pieuse épouse de Frédéric Leimeriz, je te recommande cet enfant, à qui je ne laisse pour tout bien que notre chaumière et le peu de terre qui l'entoure. Je compte sur toi pour faire de lui un chrétien sincère.

— Sois tranquille, pauvre Agnès, avait répondu Brigitte, Frank ne manquera chez moi, s'il plaît à Dieu, ni de la nourriture du corps, ni de celle de l'âme. A partir de ce moment, je le traiterai comme s'il était mon fils. »

La mère de Frank, rassurée par ces généreuses paroles, rendit en paix son âme à Dieu. Brigitte tint sa promesse. Jusqu'à l'âge de quinze ans, le fils d'Agnès n'eut pas d'autre habitation que celle de Brigitte. Il appelait la sainte femme sa mère,

et donnait à Marguerite et à Rose le doux nom de
sœurs. Il vivait heureux sous ce toit hospitalier, et
il y apprenait à travailler sous la direction du vieil
Hans Klein.

Brigitte, voyant que Frank, à quinze ans, était
doué déjà d'une force remarquable, crut que la
prudence exigeait une séparation douloureuse. Les
deux jeunes filles grandissaient, et, malgré de
tendres appellations qui correspondent d'ordinaire
à des liens formés par le sang, le brave garçon
n'était pour elles qu'un étranger. Elle hésita et
recula quelque temps devant ce qu'elle considérait
avec raison comme un rigoureux devoir. Enfin elle
fit un effort, et résolut de trancher la question.

La veuve de Frédéric Leimeriz se trouvait seule,
un matin de printemps, dans le jardin tout plein
de fleurs que cultivait Frank. Elle l'invita d'une
voix émue à venir s'asseoir à son côté, sur un
banc de chêne adossé au mur de clôture. Le
jeune homme s'empressa de répondre au désir
de sa mère adoptive. Brigitte lui prit la main,
et dit :

« Frank, il y a de longues années que la chaumière de tes parents est solitaire ; elle leur était
chère, et leur souvenir s'y trouve empreint en
caractères ineffaçables.

— Hélas! soupira le brave garçon, que ne puis-
je avoir le bonheur de les y voir eux-mêmes !

— Dieu ne l'a pas voulu, enfant, reprit Brigitte ; mais leur maison doit être la tienne. »

Frank, étonné, regarda sa mère adoptive sans comprendre. Brigitte poursuivit :

« Grâce au Seigneur, tu es un homme, à l'âge où beaucoup d'autres sortent à peine de l'enfance. Ton bras est fort, tu sais travailler et tu peux gagner largement ta vie.

— Aussi, mère, je me réjouis à la pensée que je vous serai utile, et que j'augmenterai l'aisance qui règne déjà dans votre foyer.

— Nous sommes satisfaites, mes filles et moi, Frank, de la part que la Providence nous a dévolue dans les biens de ce monde. Je crois de mon devoir de te recommander de penser à ton avenir.

— Mon avenir ! fit le jeune homme surpris ; et que me manque-t-il ?

— Rien, j'en conviens ; mais la sagesse demande que tu cherches, par tes efforts, à te créer quelques ressources pour les jours de maladies ou d'épreuves qui peuvent survenir. La demeure de tes parents, ami, te réclame. Il ne faut pas qu'elle reste davantage veuve d'habitants.

— Vous m'exilez de votre foyer, » balbutia Frank d'une voix altérée, tandis que des larmes roulaient sur ses joues.

Il ne put en dire davantage ; il laissa tomber

sa tête sur sa poitrine, et se mit à sangloter tout
haut. Brigitte, pleurant elle-même, attira la tête
du jeune homme, la baisa avec une tendresse vraiment maternelle, et ajouta :

« Dieu sait, cher enfant, que je désirerais te
garder toujours auprès de moi. Mais j'ai promis à
ta mère mourante de veiller avec soin sur toi, et
de te traiter comme un autre fils. En t'invitant à
retourner à la maison de tes parents, je ne con-
sulte que tes intérêts. Obéis donc, et n'oublie pas
que ma demeure t'est toujours ouverte. Nous serons
heureuses de t'y accueillir toutes les fois qu'il te
plaira de venir.

— Ainsi, vous ne me repoussez pas ? demanda
Frank en essuyant ses larmes.

— Non : j'agis avec toi comme envers un homme
fait. »

Le jeune homme, un peu consolé, s'installa
quelques jours plus tard dans l'habitation laissée
par ses parents ; mais il passait tous ses moments
de loisir chez Brigitte Leimeriz. Il était ingénieux
à inventer des prétextes pour reparaître sans cesse
sous ce toit qui avait abrité son enfance. Tantôt il
accourait donner un coup de main à Hans Klein ;
tantôt il venait raconter quelque histoire apprise
dans la forêt ou dans les villages voisins ; tantôt
c'était pour avoir des nouvelles de sa mère et de
ses sœurs adoptives ; d'autres fois il ne prenait pas

même la peine de donner quelque motif à ses visites. D'ailleurs, les jours de fête, Brigitte l'invitait à partager le repas de famille, et l'hiver,
durant les longues veillées, le jeune homme, assis
au coin du vaste foyer de la maison Leimeriz, à
côté du vieil Hans, écoutait les histoires effrayantes
que redisait celui-ci, puis rapportait lui-même les
aventures de quelques bûcherons, qu'il avait entendu répéter dans la montagne.

Frank aimait les deux filles de Brigitte comme
un frère aime des sœurs, et il eût, sans hésiter,
sacrifié sa vie pour les arracher à un danger quelconque. Leur vue le rendait plus joyeux. Rose
était la bonté même; douce, timide, d'une parfaite docilité, elle faisait le bonheur de sa mère.
La jeune fille, blonde et de taille élancée, avait
la figure assez régulière, quoique sa beauté n'eût
rien de frappant; la chaste sérénité de son regard,
le sourire épanoui sur ses lèvres, l'harmonie et la
mesure qui éclataient sans cesse dans son maintien
et dans toutes ses manières, inspiraient une irré-
sistible sympathie. Elle était la plus jeune, et
pourtant il y avait dans sa personne quelque chose
de plus grave que dans celle de sa sœur.

Marguerite, vive, pétulante, rieuse, moins grande
que Rose, mais d'une beauté plus remarquable,
n'avait pas la figure ouverte de sa sœur. Dans ses
yeux brillants, on saisissait de temps à autre un

rayonnement inquiétant ; sur son visage, un voile
sombre s'étendait parfois, indiquant les luttes de
l'âme, une nature qui ne se possédait point pleinement, un caractère impétueux et mal dompté.
Dès son jeune âge, Marguerite s'était montrée
mondaine, volontaire, obstinée. Brigitte, em-
ployant tour à tour la sévérité et la douceur, avait
réussi à comprimer en partie ces tendances malheureuses. Pourtant l'œuvre était imparfaite ; la
jeune fille semblait ne porter qu'avec impatience
le joug de l'autorité maternelle, si doux, si raison-
nable, et ses entrainements ainsi que son obstina-
tion se produisaient en certaines circonstances.
C'était là un grave sujet de peine pour Brigitte ;
malheureusement il n'était pas le seul.

Dédaignant la position que la Providence lui
avait faite, Marguerite Leimeriz n'aimait point le
calme du hameau, ni la vie simple qu'on y menait.
Elle enviait les jouissances des riches et des puissants, les plaisirs bruyants de la ville, l'animation
des fêtes qui s'y donnaient et dont elle avait entendu
quelquefois faire le récit. Cependant elle dissi-
mulait assez habilement ses sentiments et ses aspirations secrètes. Sa mère seule avait le pouvoir de
les démêler sur son visage.

Néanmoins, bien que Marguerite offrit avec lui
un contraste parfait de goûts et d'idées, c'était elle
que Frank préférait, non qu'il l'estimât plus que

sa sœur, mais il éprouvait pour elle un attrait plus grand, qu'il ne pouvait définir. Du reste, Brigitte, allant au-devant des vœux du jeune homme, avait témoigné plusieurs fois qu'elle était disposée à lui donner la main de Marguerite. A l'époque où commence ce récit, la veuve de Frédéric Leimeriz s'était expliquée plus nettement; et elle avait fixé à deux ans le mariage des deux jeunes gens.

Frank Muller accueillit avec une joie extrême la décision de sa mère adoptive, qui, par cette alliance désirée, devait lui être encore plus étroitement unie. Marguerite ne répondit pas. Brigitte crut que c'était embarras de la part de sa fille, et ne s'inquiéta pas autrement de son silence. Elle comptait même beaucoup sur cette union, espérant que les défauts de Marguerite disparaîtraient devant la tendre affection et les exemples salutaires d'un époux aussi aimable que vertueux.

Somme toute, le bonheur paraissait assis dans cette maison. Tous les habitants du hameau souhaitaient pour eux quelque parcelle de la félicité qu'ils attribuaient à la famille Leimeriz. A leurs yeux, Brigitte était la plus heureuse de toutes les mères, Marguerite et Rose passaient pour des modèles de vertu et de sagesse. Frank possédait également les sympathies des villageois de Haslingen; il n'était pas jusqu'au vieux Klein qui n'eût sa part dans les éloges publics. Le brave homme le savait, et n'en était pas plus fier. Sa fidélité reposait sur le sentiment profond du devoir, et non sur le désir d'être honoré de ses semblables.

II

Le passage des Brabançons.

Deux années s'étaient écoulées, pendant lesquelles la paix n'avait cessé de régner dans la famille Leimeriz. Cependant Brigitte n'était point parfaitement heureuse. Depuis que Frank et Marguerite étaient, pour ainsi dire, fiancés, elle avait étudié plus sérieusement que jamais les dispositions de sa fille, s'efforçant de lire dans ce cœur concentré. Malgré les avances de sa mère, Marguerite ne se prononça pas. Lorsque Brigitte avait décidé que le mariage aurait lieu dans deux ans, Marguerite s'était tue; les semaines, les mois se passaient, et la fiancée de Frank gardait toujours le silence. Voyant le terme approcher, Brigitte résolut de mettre sa fille en demeure de s'expliquer positivement. Elle commençait à craindre que l'alliance tant souhaitée ne s'accomplît pas.

Frank lui-même s'alarma; il crut remarquer à la fin que sa sœur adoptive n'avait pour lui que de l'indifférence. Il essaya, sans succès, de la faire parler, et fut obligé d'attendre le résultat de la conversation que Brigitte devait avoir avec sa fille.

Les choses en étaient là, quand, une après-midi de mai de l'année 1214, Frank, parti le matin pour la forêt, accourut en toute hâte. Brigitte, ses filles et Hans Klein venaient de rentrer à la maison, et étaient assis autour de la table pour prendre leur repas. Ils tressaillirent tous et se levèrent, à la vue du jeune homme effaré, couvert de sueur et de poussière.

« Que se passe-t-il donc? s'écria Brigitte, les yeux fixés sur Frank.

— Regardez là-bas, sur la route qui serpente dans la vallée, répondit le bûcheron, en désignant du geste un nuage de fumée qui laissait échapper de ses flancs des lueurs rougeâtres, près du bourg d'Oblinger.

— Mon Dieu! un incendie! fit la veuve de Leimeriz.

— Plût au Ciel que ce fût tout! soupira Frank en baissant la tête avec abattement.

— Tu m'effraies! reprit Brigitte. Explique-nous le malheur qui nous menace.

— De sinistres rumeurs circulaient ce matin

dans la montagne. Quelque catastrophe se prépare pour ce pays.

— Je ne comprends pas. »

A peine Brigitte avait-elle achevé, qu'une nuée de poussière se projeta en avant de l'incendie et roula vers Oblinger. Bientôt de ce tourbillon se dégagea une troupe de cavaliers diversement armés, autant qu'on en pouvait juger à distance. Les habitants de Haslingen sortirent à la hâte de leurs maisons, et se groupèrent près de la demeure de Brigitte, contemplant avec terreur le spectacle qui s'offrait à eux. La bande s'enfonça dans le bourg ; au même instant, par l'extrémité opposée, hommes, femmes, enfants, toute la population en sortit, fuyant en grande hâte.

Au bout d'une heure environ, la fumée s'éleva du centre même du village, et plusieurs maisons parurent en feu.

« Ce sont des bandits, s'écrièrent les malheureux habitants de Haslingen. Notre hameau va sans doute subir le même sort. »

Ces craintes étaient fondées. Dès que l'incendie eut commencé, la troupe sortit du village, et se porta vers la montagne sur la pente de laquelle Haslingen était assis. Les femmes et les enfants se mirent à pousser des cris déchirants.

« Nous sommes perdus ! répétaient-ils. »

Les hommes se pressaient autour du vieux

Klein, dont l'expérience était universellement appréciée.

« Que faut-il faire, Hans? lui demandait-on.

— Il ne nous reste qu'un seul parti à prendre, répliqua-t-il.

— Lequel?

— La fuite. Hâtons-nous d'enlever chacun ce que nous avons de plus précieux et de gagner la forêt. »

Le groupe qui stationnait devant la porte de Brigitte se dispersa promptement. Quelques minutes plus tard, tous les habitants de Haslingen, Frank et la famille Leimeriz en tête, se dirigeaient rapidement vers les bois. Ils venaient seulement de disparaître dans les profondeurs de la forêt, lorsque les bandits entrèrent dans le hameau.

C'étaient des Brabançons, soldats mercenaires de la pire espèce, vendant leurs services au plus offrant, et ne reculant devant aucun crime pour satisfaire leurs convoitises. Ils partaient pour la guerre, et traitaient en pays conquis les contrées qu'ils traversaient.

Le chef de ces brigands, personnage trapu, aux cheveux et à la barbe de couleur fauve, au regard farouche, courut à la maison de Brigitte, laquelle était sans contredit la mieux construite du hameau. Mais, n'y trouvant aucun argent ni objets précieux, et comprenant que les habitants avaient eu

1*

le temps d'emporter leur petit trésor, il entra en
fureur.

« Qu'on explore les environs, ordonna-t-il à
plusieurs de ses compagnons, et qu'on ramène,
s'il est possible, tous les habitants de ce hameau. »

Cinq bandits s'élancèrent dans la direction de
la forêt, près de laquelle ils découvrirent les
traces des fugitifs. Depuis qu'on avait atteint le
bois, Frank avait voulu demeurer en arrière, pour
protéger la retraite de ses compatriotes. Le brave
bûcheron était armé de sa hache. Par prudence,
il avait fait entrer les villageois par un endroit
assez fourré, qu'on ne pouvait traverser qu'à pied.
Aussi les bandits, mettant pied à terre, s'avancèrent, non sans difficulté, et l'un après l'autre,
sur les traces des malheureux habitants de Haslingen. Ceux-ci n'avaient pas tardé à s'apercevoir
qu'ils étaient poursuivis, et laissaient échapper
des gémissements pleins d'angoisse.

« Ne craignez rien, » leur dit le courageux bûcheron en ralentissant sa marche.

En même temps il se jeta à côté de l'étroit sen-
tier, et s'embusqua dans les broussailles, où il se
tint accroupi, guettant le passage des brigands, et
serrant convulsivement sa hache. Il bondit sur le
premier qui parut, lui fendit le crâne d'un seul
coup, abattit l'épaule avec le bras du second,

assomma le troisième, et allait en faire autant du quatrième, quand il glissa et sa hache lui échappa des mains. Il se releva sur-le-champ, et étreignit le Brabançon dans ses bras vigoureux; l'ayant jeté par terre, il lui arracha son poignard, et le lui plongea dans la poitrine jusqu'à la garde. Le cinquième bandit, en retard sur ses camarades, arriva à son tour et voulut percer Frank de son épée; mais le jeune homme, aussi agile qu'intrépide, se détourna et porta un furieux coup de poignard à son ennemi, qui s'enfuit en hurlant de douleur.

De retour au hameau, le Brabançon blessé se présenta à son chef.

« Où sont tes compagnons? interrogea le capitaine.

— Ils ont péri, répondit le routier, occupé à étancher le sang qui sortait en bouillonnant de sa blessure.

— Quoi! vous avez été attaqués?

— Une troupe d'hommes armés de toutes pièces s'est ruée sur nous, raconta le bandit, mentant et n'osant avouer qu'un seul adversaire eût mis hors de combat cinq soldats.

— Où sont ces misérables?

— Dans la forêt. Ils y occupent une position imprenable. »

Le chef, effrayé par ces fausses nouvelles, et

craignant d'avoir sur les bras des ennemis supé-
rieurs en nombre, ordonna à sa bande de se remettre en marche. Toutefois, en partant, et pour
laisser des traces de son passage, il mit le feu à la
maison de Brigitte.

Le soir, Frank, qui après son terrible exploit
s'était tenu constamment aux aguets, s'assura que
les Brabançons avaient disparu. Alors il ramena
les habitants du hameau à leurs foyers, pour la
plupart dévastés. Brigitte et ses filles, parvenues
à leur maison que l'incendie achevait de dé-
vorer, ne purent retenir leurs larmes à la vue du
désastre.

« Qu'allons-nous devenir? murmura la malheureuse veuve.

— Mère, n'ai-je pas une maison, et me comptez-
vous pour rien?» répliqua Frank, qui se tenait à
côté de Brigitte.

La pauvre femme jeta sur le jeune homme un
long regard plein de douleur, et reprit :

« Tu n'es pas riche, Frank, et tu gagnes péniblement ta vie à la sueur de ton front; nous ne
pouvons consentir à être à ta charge.

— J'ai bien accepté l'hospitalité sous ce toit
maintenant en ruines, reprit le bûcheron; vous
m'avez nourri, hébergé pendant de longues années.
En vous offrant ma maison, je fais bien peu, sans
doute, comparativement à ce que je vous dois;

mais mon humble position ne me permet pas davantage. J'ai des bras et du courage, il y a du
bois à couper dans la forêt; Dieu aidant, vous
vivrez, sinon dans l'aisance, du moins sans trop
de gêne.

— Nous possédons quelque argent, ami, déclara Brigitte; avec cela nous pourrons nous
suffire.

— Ce n'est pas ainsi que je l'entends, interrompit Frank. Vos économies serviront à rebâtir
cette demeure à laquelle sont attachés les meilleurs souvenirs de ma vie. »

Brigitte ne résista plus; elle embrassa avec
attendrissement l'enfant qu'elle avait nourri dans
sa maison, et qu'elle affectionnait autant que ses
propres filles. Rose ne put s'empêcher de témoi-
gner sa reconnaissance au brave bûcheron; Marguerite elle-même, touchée de sa générosité et
surtout du courage qu'il avait montré dans la
forêt, murmura quelques mots de remerciment.

L'habitation de Frank n'était pas élégante; mais
elle était propre et même gaie. Une haie de clé-
matites et de chèvrefeuilles l'entourait : ceinture
fleurie qui lui donnait un aspect singulièrement
gracieux ; le peu de terrain que cette clôture ren-
fermait était rempli d'arbres à fruits, de légumes
et de fleurs. Les bandits n'avaient pas eu le temps
de dévaster le logis du bûcheron, situé un peu à

l'écart et du côté de la forêt. Il comprenait quatre pièces. Frank céda les trois principales, qui communiquaient ensemble, à Brigitte et à ses deux filles.

« Et toi, enfant, s'enquit la veuve, où habiteras-tu?

— Il existe encore une petite chambre, répondit-il, qui ouvre sur la montagne, elle me suffira; j'ai même l'intention de la partager avec le bon vieux Klein, si toutefois il consent à devenir mon camarade.

— Certainement, je ne demande pas mieux, mon garçon, répliqua Hans. Avec toi je serai toujours bien. »

La famille Leimeriz s'étant installée dans la maison de Frank Muller, ce dernier s'occupa activement de faire reconstruire la demeure de ses amies. Les travaux avançaient; les semaines, les mois s'écoulaient paisiblement; on oubliait presque au hameau de Haslingen l'invasion des bandits, et l'on pensait être quittes pour l'avenir de visites semblables.

Cependant, vers la fin de l'été de cette même année, par une matinée assez chaude, les habitants du hameau aperçurent une nouvelle troupe dans la vallée. Ils se rassurèrent en ne voyant point les feux et les fumées de l'incendie, et supposèrent que c'étaient des soldats réguliers, lancés à la pour-

suite des pillards. Leur illusion ne fut pas longue.
Lorsque les redoutables visiteurs furent au pied
de la colline, les paysans de Haslingen remarquè-
rent que ces nouveaux venus portaient le costume
des Brabançons et marchaient sous la même bannière. Mais il y avait une grande différence entre
ceux-ci et les premiers. L'ordre et la discipline
régnaient dans ce corps d'aventuriers; ils che-
vauchaient sans tumulte, absolument comme des
compagnies régulières eussent pu le faire.

A leur tête apparaissait, dans la plus fière tenue,
un chef de haute stature, à la mine martiale, au
costume splendide. Une rare distinction brillait
dans toute sa personne, et son visage était d'une
beauté irréprochable. Cet homme, d'allures si
nobles, n'avait point encore dépassé la jeunesse;
il pouvait avoir trente ans.

Les habitants du hameau voulaient d'abord s'enfuir comme la première fois; mais, espérant qu'ils
n'auraient point à souffrir de cette bande, ils se
décidèrent à rester. Frank, qui jouissait parmi eux
d'un grand crédit, depuis l'audace qu'il avait
montrée précédemment, leur avait conseillé d'attendre en paix les Brabançons.

Le chef pénétra tranquillement dans le hameau.
Les villageois ne purent retenir un murmure d'admiration à la vue de ce brillant cavalier, et il
parut flatté de l'effet qu'il produisait. Debout

devant la maison de Frank avec sa mère et sa
sœur, le vieux Klein et le bûcheron, Marguerite
contemplait avidement le guerrier. Soit que le capitaine eût remarqué l'attention de la jeune fille,
soit pour tout autre motif, il arrêta brusquement
son cheval, mit pied à terre, et s'approchant de
Brigitte, qu'il prit sans doute pour la maîtresse
du logis, il la salua courtoisement et lui dit :

« Les gîtes, Madame, sont ici peu nombreux,
je le vois; pourtant j'ose espérer que vous dai-
gnerez accorder l'hospitalité à un chef qui part
pour la guerre.

— Hélas ! Messire, répondit la veuve de Leimeriz, je suis moi-même étrangère dans cette
demeure.

— N'êtes-vous pas de ce hameau?

— Oui, sans doute.

— Où est votre maison?

— Elle a été brûlée, il y a peu de mois, par une
bande de forcenés. Ce brave garçon que vous voyez
près de moi, et que je chéris comme un fils, a bien
voulu donner un asile à mes deux filles et à moi.
Puissiez-vous nous traiter moins durement que
ceux qui vous ont précédé !

— Soyez sans crainte, répondit le chef; vous
et vos aimables demoiselles serez aussi en sû-
reté au milieu de mes soldats qu'au sein d'un cou-
vent puissamment fortifié. Je suis le capitaine Othe

Brünner, et, Dieu merci, nul n'a le droit de lui reprocher d'avoir jamais foulé le pauvre peuple ni commis une action déloyale. »

Ces paroles, et l'accent de franchise avec lequel le chef les prononçait, rassurèrent complétement Brigitte et ceux qui l'entouraient. Le capitaine Othe Brünner ajouta :

« Je connais le misérable qui s'est présenté parmi vous d'une manière si incivile ; c'est un des plus grands scélérats que la terre ait portés. Le Ciel me garde de l'imiter jamais ! »

Frank Muller, charmé des manières et des protestations du chef, s'avança aussitôt et lui offrit une partie de sa maison, qu'Othe Brünner accepta avec action de grâces. Aux avantages extérieurs cet homme joignait les plus brillantes qualités de l'esprit, et il eut bientôt séduit les bons et simples villageois Brigitte, le bûcheron, Rose et le vieux Klein lui vouèrent une admiration sans bornes. Quant à Marguerite, elle ne voyait rien au monde de supérieur à ce chef ; elle professait pour lui une sorte de culte, et le regardait tout au moins comme le fils de quelque prince illustre, parcourant le pays pour redresser les torts et faire du bien aux peuples. Elle prêtait à son héros toutes les vertus, tous les dons de l'esprit et du cœur : la jeune fille était fascinée.

De son côté, le capitaine Othe Brünner, s'étant

2

aperçu vraisemblablement de l'exaltation de Marguerite, lui accorda une attention plus grande qu'à sa sœur, et s'étudia à subjuguer complétement l'imagination de cette jeune fille inexperimentée. Le vieil Hans découvrit le premier le rôle que jouait le chef des Brabançons, et son admiration se refroidit subitement.

Cet homme, se disait-il, nourrit une arrière-pensée qui sera peut-être funeste à mes maîtresses. Mais que faire? Nous sommes tous entre ses mains.

Il se borna donc à suivre avec inquiétude les manœuvres de l'hôte de Frank, cherchant à deviner quels étaient ses desseins.

Othe Brünner, sous différents prétextes, trouva moyen de prolonger son séjour à Haslingen. Les habitants du hameau et de la paroisse ne s'en plaignirent pas, au contraire; le capitaine payait libéralement tout ce que prenaient ses soldats, et il versait encore d'abondantes aumônes dans le sein des pauvres. Aussi chacun chantait ses louanges, et le bénissait pour le bien qu'il faisait.

Un matin que Brigitte était restée seule à la maison, le chef des Brabançons l'aborda avec une exquise politesse.

« Madame, fit-il en jouant merveilleusement l'embarras, je serai au comble de mes vœux si vous accueillez la demande que je viens vous adresser.

— Que puis-je vous refuser, Messire? répondit la veuve étonnée. Vous êtes si bon pour nous tous, que nous serions bien ingrats si nous manquions de reconnaissance.

— Vos paroles m'enhardissent à vous exposer mes désirs, reprit Othe Brünner. Depuis l'instant de mon arrivée ici, j'éprouve une grande estime et une vive affection pour votre fille aînée. Vous me rendrez le plus heureux des hommes, si vous consentez à m'accorder sa main. »

Brigitte demeura un instant interdite et stupéfaite. Enfin elle répliqua d'une voix troublée et presque tremblante :

« La naissance et la fortune de ma fille laissent une distance trop considérable entre vous et elle, Messire, pour qu'une telle alliance soit possible.

— Vous vous trompez, affirma le capitaine. Mon origine n'est guère plus illustre que celle de Marguerite; quant aux biens de ce monde, c'est la seule chose que je puisse lui offrir avec mon cœur.

— Ma fille, observa Brigitte, accoutumée à une vie simple, n'est pas faite, ce me semble, pour l'existence aventureuse que vous menez.

— Aussi mon intention n'est-elle pas de la conduire à la guerre. Je possède des châteaux, des domaines considérables; je veux que mon épouse vive heureuse et honorée dans mes terres, en un mot, qu'elle y règne en souveraine.

« — Marguerite, objecta encore la veuve, qui ne savait comment se tirer de là, Marguerite a été élevée avec Frank, ils sont fiancés l'un à l'autre. Je suis persuadée que ma fille refusera tout autre époux que le brave bûcheron. »

Brünner sourit en homme bien sûr de son fait, et il repartit :

« En vous demandant la main de Marguerite, je crois, Madame, répondre aux secrètes aspirations de votre fille. Je suis persuadé qu'elle me rend l'amour que je ressens pour elle.

— Et si vous étiez dans l'erreur, Messire? demanda Brigitte.

— Eh bien, rien n'est plus facile à constater. Au surplus, mon intention était, lors même que votre réponse eût été favorable, de m'assurer du consentement de la jeune fille. »

Cette déclaration rassura quelque peu Brigitte, et le capitaine ajouta :

« Je vous laisse le soin de pressentir les dispositions de Marguerite. Si elle préfère Frank, dès demain je quitterai ce hameau pour me rendre à ma destination ; si au contraire, comme j'ai lieu de l'espérer, elle se prononce en ma faveur, vous permettrez, Madame, que je lui donne mon nom et l'anneau nuptial. »

Brigitte, poussée à bout, ne put refuser. Elle accéda donc aux propositions d'Othe Brünner, en se flattant que sa fille répondrait par un refus. Toutefois, afin d'agir prudemment, elle alla trouver le vénérable curé d'Oldinger, et lui exposa le cas. Le saint prêtre lui conseilla de parler à Marguerite, comme elle l'avait promis, mais, si la jeune fille, emportée par l'orgueil, inclinait vers cette haute alliance, d'exercer sur elle toute son influence de mère pour la détourner d'accepter.

De retour à la maison, Brigitte appela sa fille.

« Le capitaine Othe Brünner, lui dit-elle brusquement, sollicite ta main. »

En parlant ainsi, la veuve Leimeriz enveloppait Marguerite d'un regard pénétrant. Elle ressentit une cruelle douleur en voyant le visage de la jeune fille rayonner de joie.

« Mère, qu'avez-vous répondu? s'enquit Marguerite d'une voix émue.

— J'ai dit au chef que, selon mon opinion, tu n'accepterais pas.

— Et pourquoi refuserais-je une alliance aussi honorable? s'écria la jeune fille. Le capitaine est honnête, vertueux ; il me rendra heureuse.

— Songe donc, enfant, reprit la malheureuse mère avec un accent plein d'angoisse, combien les rangs que nous occupons, le chef et nous, sont disproportionnés. Il est riche, puissant; et nous ne sommes que de pauvres villageois. Il cédera sans doute, en t'épousant, à un caprice d'un moment ; mais plus tard quel amer désenchantement ! »

Marguerite garda le silence ; mais il était facile de voir combien elle était en désaccord avec sa mère. Celle-ci poursuivit d'un ton suppliant :

« Je t'en conjure, ma fille, renonce à cette union.

— Le capitaine ne vous semble-t-il pas digne de nous ? Que lui reprochez-vous ? dit la jeune fille avec vivacité.

— J'estime et j'honore le sire Othe Brünner, reprit Brigitte. Mais, l'avouerai-je ? je ne réussis point à me délivrer d'un triste pressentiment. Je suis convaincue que tu seras malheureuse.

— Le pressentiment dont vous parlez, ma mère, n'a aucun fondement. Au contraire, mon mariage avec ce noble seigneur nous ouvrira une ère de prospérités.

— Tu oublies, malheureuse enfant, ajouta la pauvre veuve, que Frank t'attend ; Frank si bon, si dévoué pour nous. Celui-là du moins nous le connaissons à fond, tandis que le capitaine n'est parmi nous que depuis quelques jours. Souffre que je le dise : ce serait pour moi la plus grande joie en ce monde si tu choisissais Frank Muller, le brave bûcheron.

— Mon choix est fait, protesta Marguerite.

— A qui donnes-tu la préférence?

— Au capitaine Othe Brünner.

— Tu n'as donc pas réfléchi, insista Brigitte, à la cruelle douleur que ta décision causera à Frank? Nous est-il permis, après lui avoir si long-temps fait espérer cette alliance, objet de tous ses vœux, de lui déclarer que nous retirons notre parole?

— Il n'a jamais eu la mienne, déclara sèchement la jeune fille.

— Mais j'ai promis, moi, répliqua Brigitte avec des larmes dans la voix; ton silence a semblé con-firmer mes engagements. Que n'exprimais-tu plus tôt tes véritables sentiments? »

Marguerite, pâle, irritée, garda le silence. La veuve poursuivit :

« Si tu épouses le sire Othe Brünner, ce sera contre ma volonté.

— Alors, fit la jeune fille, dont les lèvres blêmes frémissaient, alors je refuse la main du capitaine.

— Bien, mon enfant chérie, s'écria Brigitte en déposant un baiser sur le front glacé de Mar-guerite; j'étais sûre que tu suivrais les conseils de ta mère. Dieu te bénira. Le pauvre Frank mérite d'être heureux. »

Au nom du bûcheron, Marguerite tressaillit; et,

fixant sur sa mère un regard dans lequel brillait
une implacable résolution :

« Je renonce au noble chef, dit-elle, à l'homme
que j'admire plus qu'aucun mortel, à l'homme que
j'aime; mais retenez bien ceci : plutôt mourir que
d'être la femme de Frank Muller! »

Ces mots furent prononcés avec un tel accent de
désespoir, que Brigitte, au comble de la désolation,
comprit qu'il n'y avait rien à faire sur cette âme
obstinée. Elle céda, la malheureuse femme, avec la
conviction que son enfant marchait à de cruelles
déceptions.

« Je consens, puisqu'il le faut, murmura-t-elle;
tu seras l'épouse d'Othe Brünner. »

Elle sortit sans attendre la réponse de sa fille,
et s'en alla trouver le chef, à qui elle annonça que
Marguerite accueillait sa demande. Brünner se
répandit en protestations de dévouement et d'é-
ternelle reconnaissance, et il fut convenu que le
mariage aurait lieu huit jours plus tard.

Frank, profondément affligé de perdre pour
toujours la jeune fille qu'il aimait saintement depuis l'enfance, se résigna cependant à la pensée
que Marguerite serait plus heureuse avec un
autre. Ce brave cœur était capable de tous les sa-
crifices.

Le mariage du capitaine Othe Brünner se fit au
jour fixé. Marguerite s'y prépara chrétiennement.

et le chef parut jaloux d'imiter sa future épouse. Le bon curé d'Oblinger finit par être édifié des démonstrations pieuses de l'aventurier.

Le lendemain des noces, le capitaine emmena sa femme. Les adieux furent touchants. Marguerite ne put quitter sans verser des larmes ce paisible hameau de Haslingen, où elle était née, où elle avait grandi, où elle laissait sa mère et sa sœur.

« Dans un an nous reviendrons, lui dit le chef pour la consoler ; tes parents, tes amis nous suivront, et nous nous établirons tous dans un magnifique château que je possède au pays de Juliers. »

III

Une nouvelle bande.

Il y avait huit jours que le capitaine Othe Brünner était parti avec sa troupe, quand un grand tumulte qui se faisait dans la vallée attira l'attention des habitants de Haslingen. Ils virent monter précipitamment vers leur hameau tous les villageois du bourg d'Oblinger, hommes, femmes, enfants. Des fugitifs venus des environs même de Rothweil s'étaient joints à eux. Un de ces derniers racontait des choses effrayantes.

« Nous fuyons, disait-il, devant une troisième bande de Brabançons, qui pillent, brûlent, massacrent tout sur leur passage.

— Pourquoi, s'écria Frank, le commandant de la seconde troupe, le noble capitaine Othe Brünner, n'est-il pas ici?

— Que penses-tu donc que ferait ce chef? demanda l'étranger.

— Il nous protégerait contre les pillards, les incendiaires et les égorgeurs.

— Garde-toi de le croire. Ces trois bandes sont commandées par les trois frères.

— Ainsi, reprit Frank stupéfait, messire Othe Brünner serait...

— Le propre frère du bandit Léopold Brünner, qui a incendié, il y a quelques mois, les environs d'Oblinger, acheva l'étranger; il est également le frère du bandit Rodolphe Brünner, devant lequel nous fuyons. »

Les habitants de Haslingen étaient terrifiés. Le conteur reprit :

« Rodolphe Brünner est bien plus scélérat que Léopold. Et pourtant le plus atroce des trois, ce n'est pas lui.

— Que voulez-vous dire? s'écria Brigitte, qui était présente.

— Je répète que le plus féroce, le plus infâme des trois frères, c'est Othe Brünner.

— Nous ne pouvons vous croire, déclarèrent une foule de voix. Nous avons vu ici, dernièrement, le capitaine Brünner; c'est le meilleur et le plus généreux des hommes. Il a prodigué l'or pour soulager les malheureux; il a épousé une humble jeune fille, née en ce hameau, qui ne lui apportait pour dot que ses vertus. »

L'étranger, qui était des environs de Rothweil, voulut confirmer la vérité de ce qu'il avait avancé; mais un murmure général couvrit sa voix, et il fut longtemps sans pouvoir se faire entendre. Enfin, de guerre lasse, on le laissa parler, et il reprit :

« Ce que je vous ai raconté, j'en suis parfaitement sûr. Je le tiens de témoins dignes de foi. Othe Brünner est plus astucieux, plus hypocrite, plus rusé que ses frères; il est habile comme pas un d'eux à voiler ses forfaits, voilà tout.

— Quoi que vous disiez, interrompit un petit homme, nous estimons heureuse la jeune fille qu'il a épousée, et nous félicitons la mère qui lui a donné son enfant.

— Ce que vous dites là ne prouve rien, déclara l'habitant des environs de Rothweil.

— Comment! cela ne prouve rien?

— Non, à mon avis du moins.

— Permettez-moi de ne pas me fier à votre jugement.

— Et vous, souffrez que je le constate, vous vous êtes laissé duper de la façon la plus complète. »

La dispute s'échauffait ; fugitifs et villageois de Haslingen oubliaient la marche des Brabançons pour écouter ces débats. Le conteur courait risque d'être maltraité, quand le vieux Klein, dont la prudence était universellement appréciée, intervint dans la querelle. Dès qu'on vit qu'il voulait parler, le silence se fit dans les groupes.

« Mes amis, commença-t-il, vous admettrez facilement, je pense, que personne mieux que moi n'a pu observer le capitaine Brünner, puisque, durant son séjour ici, j'habitais sous le même toit que lui. »

Un murmure d'assentiment répondit à cette interpellation.

« Eh bien, reprit le vieillard, après une étude attentive et un examen de tous les instants, je ne sais encore à quoi m'en tenir sur le chef de la deuxième bande de Brabançons. »

La foule parut étonnée des paroles du vieux Klein. Il continua :

« Néanmoins j'incline à partager l'opinion qui vient d'être émise tout à l'heure, et qui dénonce

le capitaine Brünner comme un homme redoutable.

— Cependant, insinua le petit homme qui avait
déjà défendu ce capitaine, ce chef n'a pas commis
parmi nous un seul acte répréhensible. Tout au
contraire, il s'est montré bon, vertueux, plein de
piété.

— C'est ainsi qu'il procède souvent, répliqua
l'étranger. Othe Brünner n'a pas son pareil pour
contrefaire un honnête homme et pour se vêtir du
manteau de la religion, lorsqu'il le juge nécessaire
à ses desseins. Les soldats qu'il commande sont
formés à son image, et se jouent des choses les
plus saintes. J'ai entendu raconter à son sujet des
histoires qui font frémir d'horreur.

— Vous aurez beau dire, affirma le petit homme,
vous ne réussirez pas à nous persuader que le capitaine Brünner soit un scélérat. Il a épargné
Rothweil, Oblinger, Haslinzen et tout le pays.
Bien plus : il n'a rien pris qu'il ne l'ait largement
payé.

— Ainsi l'a voulu son caprice. Ce n'est pas la
première fois qu'il a su donner le change. Je puis
vous citer d'autres lieux où il a répandu des
flots de sang et accumulé d'irréparables ruines. »

Et l'habitant des environs de Rothweil exposa
quelques-uns des crimes qu'il imputait à Brünner.
Néanmoins, à l'exception du vieil Hans Klein et

de quelques autres, les villageois ne crurent point à ces récits. Brigitte tremblait pour sa fille, Rose pour sa sœur; mais on parvint à les rassurer.

La querelle venait de se terminer, quand de nouveaux fugitifs renouvelèrent les alarmes; ils annoncèrent que les Brabançons, conduits par leur terrible chef, approchaient d'Oblinger. Ils racontaient que Rodolphe Brünner s'avançait brûlant les maisons après les avoir pillées, égorgeant les maîtres qui n'avaient pas pu ou voulu fuir, dépouillant les autels, maltraitant les prêtres et les religieux. Au bruit de ces effroyables ravages et de ces forfaits sans nombre, le pays se dépeuplait; les habitants, saisis de crainte, se réfugiaient dans les montagnes et les forêts, aimant mieux abandonner leurs demeures à la torche des bandits que de s'exposer à être massacrés. Ainsi avaient agi les villageois des environs de Rothweil, et ceux d'Oblinger, qui se trouvaient en ce moment à Haslingen.

Les habitants du hameau, à l'exemple des fugitifs venus des vallées voisines, recueillirent ce qu'ils avaient de plus précieux, prirent leurs femmes et leurs enfants et les conduisirent au fond de la forêt, dans un endroit impénétrable aux brigands. Cet acte de prudence accompli, Frank Muller, qui n'avait rien dit jusque-là, se tourna, l'œil ardent, vers ses compagnons d'enfance, nés comme lui à Haslingen ou dans les environs, tous rudes et braves bûcherons, habitués à manier vaillamment la cognée et à lutter, quand l'occasion se présentait, avec les bêtes fauves.

« Amis, leur dit-il d'une voix vibrante, nous laisserons-nous ainsi perpétuellement pourchasser? Puisque le gouvernement de notre pays ne nous protége point, pourquoi ne nous défendrions-nous pas nous-mêmes?

— Oui, oui, crièrent quelques voix, tu as raison, Frank; montrons à ces brigands que la vieille Germanie renferme encore des hommes.

— Je vous ai prouvé il y a peu de mois, reprit Frank, que la cognée du bûcheron entamait facilement le crâne des Brabançons. Quatre cadavres de bandits, qui pourrissent dans ces bois, attestent que nos ennemis ne sont ni invulnérables ni invincibles.

— C'est à nos maîtres, aux princes et aux seigneurs de la Souabe, de combattre ces scélérats, répliqua un habitant d'Oblinger.

— Je suis d'accord avec vous, reprit Muller; mais ils ne le feront pas.

— Il faut les informer de ce qui se passe.

— Ils le savent parfaitement.

— Pourquoi alors n'interviennent-ils pas pour nous protéger?

— Je vais vous le dire. Les princes et seigneurs

de la Germanie soudoient ces barbares et les em-
ploient à leurs guerres incessantes. L'Empereur a
donné l'exemple; il les mène en Italie et les lance,
comme des meutes acharnées au carnage, sur les
défenseurs de la papauté. Je vous le déclare, nous
ne devons compter que sur nous-mêmes. »

A cet appel énergique, tous les hommes valides
se rangèrent autour de Frank Muller, la cognée,
l'arbalète ou la lance de bois durci à la main.

« Maintenant, mes braves compagnons, ajouta-
t-il, laissons ici sous la garde de Dieu les vieil-
lards, les faibles, les femmes et les enfants, et
retournons à Haslingen. La position est bonne;
nous pourrons, je l'espère, avec du courage, arrêter les brigands. »

Obéissant à l'invitation du bûcheron, un certain nombre d'hommes vigoureux et pleins d'audace le suivirent comme ils auraient fait d'un
chef. Arrivés au hameau, ils s'y barricadèrent
promptement. Les bandits ne tardèrent pas à
paraître, ne laissant derrière eux que la des-
truction et l'incendie. Les bûcherons de la forêt
Noire, retranchés dans les maisons, attendirent
que l'ennemi fût à portée. Au signal donné par
Frank, ils saluèrent les Brabançons d'une grêle de
flèches et de pierres, qui en couchèrent plusieurs
sur le terrain.

Les brigands, devant cette résistance meurtrière

et inattendue, poussèrent des cris de rage. Cependant ils reculèrent, un instant, en désordre devant un ennemi invisible qui les atteignait à coup sûr, sans qu'ils pussent le châtier. Mais leur terrible chef, s'élançant en avant, les rallia rapidement, et se précipita à leur tête sur le hameau, dans lequel ils pénétrèrent la torche d'une main et la pique de l'autre. Les bûcherons, délogés de leurs postes, se serrèrent les uns contre les autres, et se replièrent en bon ordre vers la forêt, tuant beaucoup de bandits sans perdre un seul homme. Enfin ils disparurent dans les bois, où les Brabançons n'osèrent les poursuivre.

Les routiers, exaspérés, se vengèrent sur le hameau de Haslingen et le ruinèrent de fond en comble. Ils retournèrent au bourg d'Oblinger, et n'y laissèrent pas pierre sur pierre. Malheur à l'infortuné qui fût tombé sous la main des barbares en ces heures de furie, il eût expié son imprudence dans les plus cruels supplices.

Cinq jours seulement après le départ des Brabançons, les habitants de Haslingen et d'Oblinger se hasardèrent à quitter leur refuge pour regagner leurs demeures. Quelle ne fut pas leur douleur à la vue des décombres qui marquaient l'emplacement de leurs habitations! Des pierres calcinées par la flamme, des poutres à demi brûlées, des cendres noires qui couvraient au loin le sol, voilà

2*

tout ce qui restait des maisons où ils avaient vu le jour et où ils avaient espéré de mourir. Les moissons, qui approchaient de la maturité, étaient détruites ; la désolation régnait partout. Les Brabançons n'avaient rien épargné, pas même les arbres fruitiers, qu'ils avaient coupés par le pied.

Il est impossible de rendre le désespoir des malheureuses victimes de ces sauvages déprédations. Il ne leur restait plus rien : le fruit de leurs travaux, le toit qui les protégeait, tout avait disparu. L'espérance même n'existait plus ; car ces champs couverts de débris et de cendres se trouvaient pour un an au moins impropres à la culture.

« Que faire maintenant? se demandaient-ils les uns aux autres. Où reposer désormais notre tête? où trouver un abri pour nos femmes et nos petits enfants ? »

Ils se lamentaient ainsi, ne sachant que devenir, lorsque des habitants charitables des villages épargnés par les Brabançons vinrent les trouver, et leur proposèrent de les emmener. Un certain nombre accepta l'offre avec reconnaissance. La plupart, craignant l'irruption de nouvelles bandes, préférèrent retourner dans la forêt ; ils s'y firent des abris de feuillage, ou bien s'installèrent, comme Brigitte et Rose, dans des cabanes de bûcherons. La saison était belle encore, les chaleurs continuaient et rendaient assez tolérable cette situation pénible. Frank Muller fit de son mieux pour rendre ce séjour un peu moins désagréable à sa mère et à sa sœur adoptives.

IV

Loin du hameau.

L'hiver approchait à grands pas. L'air était froid déjà, et le moment arrivait où la forêt ne serait plus tenable pour les malheureux ruinés par les Brabançons. Les subsistances devenaient rares, et c'est tout au plus si Frank, si habile chasseur qu'il fût, pouvait fournir le nécessaire à Brigitte et à Rose. Il est facile de juger par là de ce que devait être la misère des autres. Il ne fallait donc pas songer à passer la mauvaise saison dans la forêt.

Retourner à Haslingen ou à Oblinger n'était pas plus praticable. Comment relever ces ruines en quelques mois, et avec quelles ressources? D'ailleurs, la crainte du retour des bandes décourageait la plupart de ces infortunés que d'audacieux scélérats avaient chassés de leurs foyers.

Au milieu de ces perplexités, il vint à Brigitte

une idée lumineuse, qu'elle communiqua à Frank,
à Rose et au vieil Hans Klein.

« Puisque nous ne pouvons vivre en ce pays,
dit-elle, pourquoi n'irions-nous pas demander
à une autre contrée le pain qui nous est nécessaire?

— Où? demanda Hans.

— En Thuringe, répondit Brigitte.

— Pourquoi cette partie de l'Allemagne plutôt
qu'une autre? s'enquit le vieillard.

— Ne savez-vous pas comment elle est gou-
vernée?

— Non, en vérité.

— Eh bien, le bon duc Louis, l'époux d'une
noble et sainte femme, Élisabeth de Hongrie, ad-
ministre ses peuples comme un père gouverne sa
famille; il rend exactement la justice, et protège
tous ses sujets contre les attaques des brigands. Ce
n'est pas en Thuringe que des bandits pourraient
impunément piller, incendier des villages, et mas-
sacrer une foule d'infortunés; la répression ne se
ferait pas attendre, et serait aussi prompte que
terrible. Voilà quels motifs me déterminent pour
la Thuringe. »

Hans Klein garda le silence. Le cœur du vieillard se serrait à la pensée de quitter, peut-être
pour toujours, le sol natal, et de porter dans une
province lointaine ses os brisés par la fatigue.

Rose, au contraire, se réjouissait à la perspective
de fuir ces lieux où sa mère et elle-même avaient
tant souffert.

« Quand partirons-nous, mère? demanda-t-elle
avec une sorte d'impatience.

— Le plus tôt sera le mieux, » répondit Brigitte.

Cependant Frank Muller, présent à l'entretien,
n'avait point encore ouvert la bouche. La veuve
attendit vainement qu'il s'expliquât; il continua
de garder le silence. Enfin Brigitte lui dit :

« N'approuves-tu pas mon projet, ami Frank?
Parle; quelle est ta pensée?

— Je partirai sans objection, répliqua le bûcheron, puisque la nécessité nous y contraint.
Mais oubliez-vous, mère, que nous avons une
grave raison de demeurer quelques mois encore
dans le pays?

— Laquelle?

— Ne vous souvient-il plus que le capitaine
Othe Brünner a promis de ramener Marguerite
au bout d'un an?

— Est-ce tout? demanda Brigitte, qui était devenue très-pâle.

— Ces raisons ne suffisent-elles point?

— Je ne comprends pas comment elles pourraient retarder notre voyage.

— C'est que je crains que Marguerite ne nous

retrouvant pas, il nous soit difficile de la rejoindre
plus tard.

— Il n'importe, déclara Brigitte d'une voix
altérée par la violence qu'elle se faisait ; nous
partirons néanmoins. Je n'exposerai ni la vie de
Rose, ni la tienne, ni celle de notre vieux Klein,
pour être agréable à Marguerite. »

Le brave bûcheron poussa un soupir douloureux ; mais il ne répliqua pas. Brigitte ajouta :

« Il restera ici encore quelques habitants ; si
Marguerite désire connaître notre nouveau séjour,
elle obtiendra facilement les renseignements nécessaires. »

Le voyage en Thuringe décidé, Brigitte et
Frank, pour subvenir aux frais de route, vendirent à vil prix leurs champs dévastés, et quit-
tèrent avec une douleur inexprimable ce pays qui
leur était si cher. Brigitte, Rose, Frank et Klein
descendirent la montagne où ils avaient coulé de
si heureux jours. Ils s'arrêtèrent un instant à
l'église d'Oblinger, où ils prièrent tous avec ferveur ; ils visitèrent les tombes de ceux qu'ils
avaient aimés ; puis ils allèrent prendre congé du
vénérable curé de la paroisse, qui reçut en pleurant
leurs adieux.

« Si Marguerite reparaît en ce pays, recommanda Brigitte, veuillez, ministre de Dieu, lui

apprendre que la rigueur des temps nous a obligés d'émigrer en Thuringe. »

Le prêtre promit.

Alors les infortunés s'éloignèrent à pied, le bâton de voyage à la main. Pèlerins du malheur, ils cherchaient, comme l'oiseau qui fuit nos hivers, un abri sûr et le vivre.

Les quatre émigrants supportèrent avec courage les fatigues de cette course longue et pénible, assurés de se reposer en paix sur la terre promise de la Thuringe. Leur voyage se poursuivit sans encombre et sans incidents remarquables. Quoique en automne, le temps se tenait au beau. Les voyageurs dépensaient peu, ménageant leurs faibles épargnes. Du pain, de l'eau, quelques fruits suffisaient à leurs repas. Parfois une âme charitable leur offrait un verre de bonne bière d'Allemagne, qu'ils buvaient à la santé de leurs hôtes.

Frank, dominant sa douleur, s'efforçait de distraire ses compagnes, voire même son compagnon. Le brave garçon, doué d'une fort belle voix, chantait, à l'heure des repas ou même le long de la route, quelque cantique plein d'espérance. Parfois un voiturier compatissant les invitait tous à prendre place dans son véhicule, et Frank, pour le récompenser, lui racontait l'histoire de l'irruption des Brabançons et les ravages que causaient ces bandits. Si cela ne suffisait pas, il redisait

quelque vieille légende, comme il en savait beaucoup. Le vieil Hans se mettait souvent de la partie.
Dès qu'il était lancé, le brave homme devenait
intarissable, et il eût narré, si on l'eût laissé
faire, pendant vingt-quatre heures, sans désem-
parer.

Il arriva plusieurs fois à nos émigrants d'être
surpris par la nuit au milieu des bois, loin de
toute habitation. Dans ce cas, Frank et Hans,
munis de leur cognée, abattaient des branches
d'arbres, formaient un abri de feuillage, recueil-
laient les feuilles tombées, et en formaient un lit
pour les deux femmes.

Ils cheminèrent ainsi plusieurs semaines à
travers l'Allemagne. Ils s'étaient remis à la garde
de la Providence, et la Providence, après les
avoir tant éprouvés, les couvrit de sa protection. Ils atteignirent enfin la Thuringe, et là il
leur fut permis de se reposer de leur pénible
course. Ils éprouvèrent sur-le-champ les effets de
l'excellent gouvernement dont jouissait ce pays.
Les paysans, imitant le prince et les nobles, s'em-
pressaient de pourvoir aux besoins des étrangers;
ils écoutaient avec compassion le récit de leurs
infortunes, et les accueillaient presque toujours
gratuitement dans leurs humbles demeures.

Les émigrants s'avancèrent, ainsi soulagés et
consolés, dans l'intérieur du pays. Une sorte d'in-

stinct, que Dieu donne quelquefois aux malheureux, les guidait dans leur course aventureuse, et
ils se proposaient de pénétrer jusqu'à la Wartbourg, résidence du duc et de la duchesse de
Thuringe. Arrivés à deux milles du château, ils
s'arrêtèrent.

« Nous n'irons pas plus loin, dit Brigitte; ce
lieu me plaît. Ici nous n'avons rien à craindre
des bandits; mais il nous faudra lutter contre la
misère.

— Soyez sans inquiétude, mère, répondit Frank;
je suis vigoureux, grâce à Dieu, et le vieux Klein
n'est pas hors d'état de travailler. Avec du courage
et de la bonne volonté nous gagnerons de quoi
vivre. »

Les exilés choisirent un petit coin de terre qu'ils
achetèrent à bas prix. Le sol était mauvais, il est
vrai, mais il leur appartenait, et le brave Frank
comptait bien l'amender. D'ailleurs il avait pour
eux un charme particulier, car il leur rappelait
Haslingen par sa position. Il dominait une magnifique vallée, touchait à un filet d'eau vive, et
faisait partie d'une vaste esplanade à mi-côte d'une
colline que couronnait une forêt de pins et de
vieux hêtres.

Ce n'était pas tout d'avoir un lopin de terre; il
fallait un toit pour s'abriter, surtout alors que
l'hiver commençait à sévir.

3.

« Notre trésor est diminué de plus de moitié, remarqua Brigitte avec tristesse; comment ferons-nous?

— Tâchons de nous mettre à loyer, répliqua Frank. Hans et moi nous travaillerons, nous réaliserons, je l'espère, quelques économies, avec lesquelles nous achèterons les matériaux nécessaires pour élever une pauvre chaumière. La construction ne nous coûtera rien, car je m'en chargerai.

— Et moi, mère, dit à son tour Rose, je filerai pour les riches habitants du pays; vous m'avez dit souvent que j'étais habile : si vous ne m'avez pas trop flattée, je trouverai moyen aussi de gagner quelque argent. »

La veuve approuva fort ce plan, et les quatre émigrants se mirent activement à l'ouvrage. Frank et le vieux serviteur furent occupés dans la forêt, où leurs travaux leur rapportèrent d'assez beaux bénéfices. Rose et sa mère filèrent sans relâche. La jeune fille montait même de temps à autre à la Wartbourg, où elle obtenait toujours quelque besogne qu'on lui payait généreusement.

Quelquefois Hans Klein, au lieu d'aller à la forêt, se rendait au petit champ acheté pour y construire plus tard une chaumière. Il commença par en ôter les pierres, qu'il entassa à l'extrémité, puis il le défricha peu à peu. Ensuite, quand la terre

fut prête à être ensemencée, il demanda aux voisins la permission d'enlever les pierres qui leur
étaient inutiles, et qui même leur devenaient un
embarras, et il en réunit une quantité considérable
au premier monceau. Les voisins, ne devinant pas
ce qu'il voulait faire, le raillaient agréablement et
lui disaient :

« Que prétendez-vous, brave homme? pensez-
vous donc semer ces pierres dans votre champ?

— Soyez tranquilles, leur répondait le vieillard
en souriant ; j'utiliserai tout cela quelque jour. Ces
pierres deviendront productives. »

Les interlocuteurs se retiraient en secouant la
tête. Plusieurs même croyaient que le bonhomme
n'avait plus tout son bon sens, et que l'âge lui avait
affaibli le jugement.

De son côté, Frank ne perdait pas son temps.
Lorsque sa tâche était achevée, il offrait ses services aux autres bûcherons, et, pour prix de son
travail, réclamait quelques troncs d'arbres, qu'il
transportait à côté des pierres.

Enfin ils se mirent à l'œuvre, sous la conduite
d'un vieux maçon que personne ne voulait plus
employer, et ce fut assez promptement fait. C'était
si simple : un carré long de murailles, non crépies,
en pierres brutes de toutes sortes, cimentées d'un
mortier de terre grasse ; dans ces murailles, des
troncs d'arbres plus ou moins façonnés, les uns

plantés dans le sol pour former les angles et conso-
lider les ouvertures, les autres placés horizontale-
ment en forme de traverses; plus un toit à un seul
versant, composé de fortes perches et de bruyère.
Dans cette enceinte deux chambrettes ayant pour
parquet une aire d'argile battue, et pour plafond
le dessous incliné et disgracieux de la toiture.
Voilà tout, et déjà la bourse était vide. Frank et
Hans durent retourner à la forêt pour gagner de
l'argent. Quelque temps après ils pouvaient se
procurer portes et croisées, et permettre au vieux
maçon de creuser dans le tuf de la colline un four
à pain et une étable à vache.

Brigitte, Rose, Frank et Hans étaient impa-
tients d'avoir un chez soi. Ils s'installèrent dans le
nouveau logis. Ils venaient d'y souper pour la première fois; les deux femmes filaient en causant;
Hans, tout en jetant son mot à propos, parait, à la
plane, un manche pour sa cognée. Contre son habitude, Frank, les bras croisés, restait taciturne
et sombre. Le brave garçon plaignait intérieure-
ment les deux fileuses, autrefois dans l'aisance,
maintenant possédant à peine le strict nécessaire.

— Qu'as-tu donc, ami Frank? demanda Brigitte.

— Vous souffrez, mère, répondit-il.

— Moi?

— Oui, vous, et Rose aussi. C'est si triste, si

pauvre, ajouta-t-il, ces murailles semblables à l'empierrement d'un chemin; cette place d'argile qu'un verre d'eau peut délayer, qu'un coup de balai peut écorcher; et ce toit rembruni, avec son assemblage difforme de perches et de harts; et ces grossiers escabeaux sur lesquels nous siégeons, et votre lit, mère, ou, pour dire vrai, votre paillasse encadrée de quatre vieilles planches, et tout le reste à l'avenant.

— C'est pourtant mieux que là-bas dans les bois de Haslingen, sous la feuillée ou dans des cabanes ouvertes à tous les vents, interrompit Hans.

— Tu as beau dire, reprit vivement Frank, c'est triste à faire mourir d'ennui.

— Voudrais-tu nous quitter? demanda Brigitte, déjà tout inquiète.

— Oh! non, mère, vous le savez.

— En ce cas, nous sommes heureuses.

— Permettez, mère, je n'en crois rien.

— Voyons, Frank, un peu plus de raisonnement, reprit Brigitte. Tu t'es accoutumé depuis longtemps à te conformer à la volonté de Dieu; et, dans bien des circonstances pénibles, tu répondais à mes consolations : « Mère, soyez tranquille, j'ai offert cela au Seigneur, et je suis content. » Tu l'étais en effet, et je ne pouvais en douter. Tu prétends donc maintenant que nous n'avons pas cette salu-

taire habitude ou que nous n'en recueillons pas les
doux fruits?

— Mère, je vous l'assure, je n'ai pas pensé
cela, s'empressa de dire le jeune homme.

— Conclus donc, ajouta Brigitte.

— Frank, dit Rose à son tour, je vais e raconter tout. D'abord, sais-tu que ma mère et
moi nous avons eu le bonheur de communier ce
matin?

— Oui. Et Hans et moi, nous ferons ainsi
dimanche; c'est le moyen de fortifier nos
âmes.

— Eh bien, reprit Rose, hier soir j'avais des
répugnances pour notre logis, et je m'en ouvris à
ma mère. Voici sa réponse : Saint Joseph, la très-
sainte Vierge Marie et son adorable fils Jésus,
notre Dieu, ont été beaucoup plus mal logés : par
exemple, dans l'étable de Bethléhem, et sous les
tentes des Arabes, pendant leur voyage à travers
les déserts qui séparent l'Égypte de la Palestine.
Figure-toi, ma fille, ce qui est vrai, la sainte
famille délaissée et manquant de tout, dans cette
noire et humide étable, mêlée sous la tente à des
idolâtres farouches, mangeant avec eux des mets
salement apprêtés, buvant au même vase, cou-
chant sur la dure au milieu d'enfants malpropres
et d'animaux domestiques; pense à cela, et tu
n'auras plus de répugnances, ou, s'il t'en vient,

ton cœur chrétien les supportera patiemment et
les offrira à Dieu. Mais, ajouta-t-elle, c'est un
bonheur pour nous d'avoir quelque chose de pénible à offrir à Dieu; car, suivant l'enseignement
catholique, qui certes est la pure vérité, quiconque ici-bas est dans la grâce sanctifiante et
offre au Seigneur plaisirs ou peines, gagne assurément des mérites pour le ciel, c'est-à-dire de
nouveaux degrés de gloire et de béatitude durant
l'éternité. Crois-moi, Frank, mes répugnances
se sont évanouies comme un éclair. En descendant
ce matin à l'église, bonne mère m'a encore entre-
tenue sur ce sujet; puis nous avons fait cordiale-
ment le sacrifice de nous-mêmes en tout et pour
toujours, et en revenant nous goûtions des délices
ineffables.

— Dieu soit béni! » dit Frank.

Et il entonna un cantique de louanges; Brigitte, Rose et Hans se joignirent à lui, et la conversation reprit sa gaieté ordinaire.

Avant l'hiver, les deux bûcherons ensemen-
cèrent de blé le petit champ, et y plantèrent des
arbres fruitiers; les restes de l'épargne commune furent consacrés à l'achat d'une vache lai-
tière et de quelques poules.

La Providence continua de bénir le courage et
la foi des émigrants. Le travail de la forêt rapportait largement; Rose gagnait de l'argent à filer,

tandis que Brigitte soignait la basse-cour et la vache; en outre, les récoltes furent excellentes, et la semence confiée au petit champ rapporta au centuple. Non-seulement la misère fut bannie de la maison des exilés, mais à la fin de l'année suivante ils purent acheter un autre champ, contigu à celui qu'ils possédaient, et conçurent justement l'espoir de doubler leur modeste revenu.

Le vieux Klein dut laisser à Frank le travail de la forêt; car il avait bien assez d'occupation, le brave homme, dans la petite propriété, sans aller couper les sapins ou les chênes. Il défricha le nouveau champ, l'ensemença avec le premier, et construisit une petite grange.

A ces prospérités domestiques s'ajoutait un bien mille fois plus précieux : la bonne réputation. Les exilés de la Souabe n'avaient pas tardé à conquérir l'estime et le respect universels par leur énergie, leur dévouement mutuel, leur piété et leurs vertus. Le dimanche, ils interrompaient fidèlement leurs travaux, et se rendaient tous ensemble à la petite église du lieu; personne ne s'y tenait d'une manière plus édifiante, et n'y priait avec plus de ferveur. S'il s'agissait de secourir un malheureux, quoiqu'ils eussent peu, ils donnaient cependant de ce peu qu'ils possédaient, persuadés que soulager le pauvre c'est prêter à Dieu, et que le Seigneur rend toujours avec usure.

Nous n'insisterons pas davantage sur les travaux des quatre émigrés ; qu'il nous suffise de dire
qu'en moins de quatre ans, à force d'économie et
d'intelligente activité, ils décuplèrent leur petit
domaine et reconquirent une honnête aisance.

Cependant la joie de ces braves gens n'était
pas complète : les mois, les années s'écoulaient,
et ils n'entendaient pas parler de Marguerite. Sa
mère s'effrayait de ce long silence, et disait parfois
en pleurant :

« Ma pauvre fille est morte, ou elle souffre
cruellement ; autrement elle nous aurait donné
signe de vie. »

En vain Rose, Frank et le vieux Klein s'effor-
çaient de la rassurer ; elle ne pouvait s'ôter de
l'esprit la pensée que Marguerite ne portât la
peine de sa faute. La religion seule offrait des
consolations à Brigitte. Elle puisait dans les pen-
sées de la foi un peu de calme et de courage.

<hr/>

V

L'associé du prince.

Bien que les émigrés fussent dans une position
aisée, aucun d'eux n'eut la pensée de se relâcher

dans le travail. Brigitte trouvait dans les soins de la maison une distraction à ses peines ; Rose s'efforçait de plaire à sa mère en suivant son exemple ; Frank, lui, éprouvait le besoin de dépenser les forces de sa robuste jeunesse à des labeurs rudes et pénibles ; et le vieux Klein se refusait au repos. Le travail, prétendait-il, était sa santé, et il mourrait infailliblement le jour où on lui imposerait de rester les bras croisés.

A vrai dire, le brave homme jouissait d'une verte vieillesse, et sa tête, toujours droite, portait légèrement le poids des années.

Avec le temps, les chagrins de Brigitte s'adoucirent quelque peu. Son cœur souvent se remplissait de joie à la vue de Rose, sa vertueuse enfant, qui lui avait voué une tendresse et un dévouement sans bornes.

Le bonheur de la terre, pensait-elle, ne saurait être parfait ; ce serait le paradis au lieu de l'épreuve. Il faut que toujours la douleur côtoie l'allégresse. Je dois me résigner, et porter la croix que le Seigneur m'a imposée. J'espère qu'il fera miséricorde à la malheureuse Marguerite.

A la suite de ces chrétiennes réflexions, Brigitte pleurait et priait, et son cœur, après s'être épanché dans le sein de Dieu, recouvrait sa sérénité. Depuis un an, une idée avait pris de la consistance dans son esprit. En voyant l'affection toute fraternelle que Frank et Rose éprouvaient l'un pour l'autre, elle avait conçu le désir de les unir par des liens encore plus intimes et plus forts. Elle savait que Rose accueillerait avec bonheur cette alliance; mais elle était moins sûre de Muller. Brigitte craignait que le brave bûcheron ne se souvînt trop vivement encore de Marguerite; aussi hésita-t-elle quelque temps à aborder cette question délicate. Enfin elle se hasarda à parler franchement à Muller. Elle le prit donc à part un jour, et lui dit :

« Frank, mon ami, depuis que je te connais, je t'ai traité et aimé comme un fils. Tu me rendras, je l'espère, ce témoignage, que mes propres filles n'ont pas reçu de moi plus de marques d'affection.

— Vous dites vrai, mère, répondit le jeune homme, et j'ose croire que vous avez toujours trouvé en moi le cœur d'un fils.

— Assurément. Aussi, tu le sais, il n'a pas tenu à moi que nous ne fussions unis par des liens plus intimes.

— Hélas! soupira le bûcheron.

— Cependant, poursuivit Brigitte, il est possible encore, Frank, de te faire entrer dans ma famille.

— Que voulez-vous dire?

— Que j'ai une seconde fille, dont le cœur n'a

parlé jusqu'ici pour personne. Ami, je t'offre la main de Rose. »

A ces mots, Muller, hors de lui, se jeta au cou de Brigitte en s'écriant :

« Vous ne pouviez, ma mère, me causer une plus grande joie. J'aime Rose comme une sœur; je serai pleinement heureux si elle devient mon épouse. »

La vertueuse veuve, charmée de voir ses désirs exaucés, n'eut rien de plus pressé que de communiquer à sa fille ce qu'elle venait de faire. Rose exprima son contentement, et acquiesça de grand cœur au projet de sa mère. Le vieux Klein approuva fort aussi le mariage qui se concluait, et qui fut fixé à une époque très-rapprochée.

En effet, deux semaines plus tard, une troupe joyeuse, parée de ses habits de fête, se dirigeait vers l'église du village. En tête marchaient Frank et Rose, dans leur costume de mariés; puis venaient Brigitte et Hans Klein; enfin quelques amis, braves bûcherons ou villageois du voisinage. Le temple était orné comme aux plus beaux jours. Les deux fiancés allèrent s'agenouiller devant le sanctuaire, et bientôt la cérémonie religieuse commença. Il n'y avait cette fois rien de sombre sur les visages, tous respiraient la sérénité ou la joie. Frank et Rose s'étaient préparés en chrétiens au grand acte qu'ils accomplissaient, et sans

aucun doute les bénédictions divines, répondant
à l'appel du prêtre, descendaient sur l'heureux
couple.

La fête se termina par un banquet de famille,
modeste et plein de gaieté, auquel prirent part
tous les amis qui avaient assisté au mariage. Les
pauvres ne furent point oubliés. Rose leur fit
porter, avant la fin du jour, un repas abondant,
et elle leur manda seulement de prier pour elle
et pour son mari.

Un an après, un garçon rose et joufflu naquit à Frank et à Rose. Le chérubin remplit une
place vide dans la famille, et Brigitte, tout en
gardant le souvenir douloureux de Marguerite,
fut grandement consolée par la naissance de cet
enfant. Le fils du bûcheron reçut au baptême les
noms de Frank-Frédéric, ceux de son père et de
son aïeul maternel.

L'année suivante, la venue d'une fille apporta
une nouvelle joie dans la maison ; Frank la nomma
Marguerite, et Brigitte lui sut gré de cette attention ; ce nom, depuis si longtemps prononcé avec
larmes, pouvait l'être désormais avec contentement.

D'un autre côté, les affaires de Frank continuaient à prospérer ; le domaine s'était encore
arrondi, et l'aisance complète régnait à ce vertueux foyer construit en des temps difficiles. Les

bâtiments, élevés si modestement, s'étaient aussi agrandis; outre l'édifice primitif, que le bûcheron et sa belle-mère convinrent de respecter, une habitation plus élégante et tout en pierres de choix avait été bâtie. Cet accroissement devenait nécessaire, car chaque année presque introduisait un nouvel hôte dans la demeure des émigrés de la Souabe. A mesure que sa famille se développait, et qu'il voyait autour de lui de nouveaux rejetons, Frank se réjouissait.

« Dieu, disait-il, bénit ma maison chaque fois qu'il y envoie un nouvel ange. Un jour ces fils et ces filles seront ma couronne; je coulerai au milieu d'eux, comme les vieux patriarches, une vieillesse paisible et honorée. »

Les sentiments de Rose ne différaient point de ceux de son mari. Semblable à la femme louée par le Sage, elle faisait la gloire de son époux en même temps que son bonheur, et elle le secondait de toutes ses forces pour donner à leurs enfants une éducation vraiment chrétienne.

Absorbé complétement par les soins que réclamait son domaine, Frank allait plus rarement à la forêt. Quand il y reparaissait, les autres bûcherons lui faisaient fête, car il était aimé de tous pour sa gaieté et son excellent caractère.

« Ami Frank, lui disaient-ils en se plaignant doucement de son absence, tu nous manques, et la forêt paraît déserte, morte, quand tu n'y es pas. Plus personne qui accompagne notre rude travail de gais et innocents propos ou de pieux cantiques. »

Muller répondait par d'aimables paroles à ces témoignages de sympathie, et il se remettait à la besogne comme autrefois, frappant plus fort que jamais sur les vieux troncs de chêne ou de hêtre. Nul ne travaillait aussi activement, car sa force était prodigieuse. Quand le bruit de sa cognée cessait de retentir et qu'il prenait quelque relâche, il s'appuyait sur le long manche du fer qui reposait à terre, et il entonnait un chant que sa voix sonore envoyait à tous les échos de la forêt.

Un jour Frank partit pour le bois, plus allègre encore que d'habitude, et fredonnant un cantique qu'il affectionnait. Tout en modulant cet air, il pensait à sa femme, à ses enfants, et son cœur riait à ces douces images évoquées par le souvenir. Arrivé à l'endroit où il devait travailler, il abattit d'abord, comme en se jouant, plusieurs sapins ; puis il attaqua un vieux hêtre aux rameaux puissants, dont le tronc séculaire semblait devoir opposer une longue résistance. Il eut bientôt entamé l'arbre vigoureux ; il frappait avec une infatigable énergie, et les éclats de bois volaient sous sa cognée. L'œuvre était plus d'à moitié faite, et l'hôte antique de la forêt frémissait et oscillait,

quand tout à coup un craquement se fit entendre.
Avant que Frank eut le temps de fuir, le hêtre
tomba, brisant dans sa chute les arbres plus
faibles qui l'entouraient, et il enlaça, pour ainsi
dire, le bûcheron dans un réseau de branchages.
L'infortuné, rudement froissé et jeté à terre, eut
encore la force de crier au secours. Ses camarades
accoururent, et le trouvèrent étendu sous les rameaux du hêtre, respirant difficilement et vomis-
sant le sang à flots.

« Je suis perdu, » murmura-t-il.

Les bûcherons se hâtèrent de le dégager. Mais
il y avait un tel enchevêtrement de branches, que
cette espèce de sauvetage prit du temps; ce ne fut
qu'au bout de vingt minutes qu'ils purent retirer
Frank de dessous l'arbre tombé. Il était pâle
comme un linceul, et continuait de vomir le sang,
bien qu'il n'eût point de blessure extérieure; mais
ce symptôme était grave, et le malheureux ne put
se tenir debout; il retomba sans connaissance aux
bras de ses compagnons.

Les bûcherons lui firent promptement un bran-
card, qu'ils recouvrirent de leurs vêtements de
dessus; ils le couchèrent sur cette litière impro-
visée, et le portèrent ainsi à sa demeure. Il ne
reprit pas ses sens durant la route, et arriva
chez lui, ressemblant plutôt à un mort qu'à un
vivant.

Les hommes qui l'avaient relevé et qui le rame-
naient d ns ce triste état, ne pensèrent pas, dans
leur simplicité, à envoyer l'un d'eux en avant
pour prévenir sa famille du terrible accident. Brigitte et Rose étaient à la maison. Quand le bran-
card entra, la jeune femme, voyant son mari sans
mouvement, les yeux fermés, les lèvres couvertes
d'une écume sanguinolente, le crut mort et s'éva-
nouit. Brigitte, en proie à une affreuse douleur,
se jeta sur le corps de son gendre avec des cris de
désespoir. Mais les bûcherons lui ayant répété
qu'il n'était pas mort, elle leur aida à le porter
sur un lit. S'étant convaincue elle-même qu'il
respirait, elle se calma tant soit peu, et pria un
des villageois de prévenir le curé de la paroisse,
homme de grand savoir et fort entendu dans la
médecine. Le digne pasteur accourut, et pénétra,
le cœur serré, dans la chambre du blessé, qu'il
affectionnait beaucoup.

« Consolez-vous, Brigitte, dit-il à la malheureuse femme; puisque la vie n'est pas éteinte dans
votre gendre, nous devons conserver de l'espoir.

— Dieu vous entende, ministre de Jésus-
Christ! » s'écria la pauvre veuve.

Au moment où le prêtre s'approchait, Frank,
ouvrant les yeux, le regarda un instant et lui
tendit une main tremblante. Le vénérable curé
la pressa, et lui dit :

3*

« Courage, mon ami; nous vous tirerons de
là. »

Frank fit un signe de tête négatif, et dirigea son
regard vers le ciel. Un instant après il recommen-
çait à vomir le sang. Le prêtre, comprenant qu'il
était urgent d'arrêter l'hémorragie interne, prescrivit ce qu'il jugea nécessaire. Ensuite il palpa le
blessé pour savoir s'il n'avait point quelque lésion
de nature grave.

L'examen fut long et minutieux. Enfin le prêtre
se redressa, le visage baigné de sueur, mais rayonnant de joie; et se tournant vers Brigitte, qui le
suivait du regard avec une indicible angoisse :

« Nous le sauverons, déclara-t il; rien n'est
atteint à l'intérieur. Avec du temps et des soins,
il recouvrera la santé.

— Ne nous abusez pas, monsieur le curé, s'écria
Brigitte ; la désillusion serait trop cruelle.

— Je vous ai dit la vérité : Frank guérira. »

Le vénérable prêtre ne se trompait pas; l'état
de Frank n'inspira bientôt plus d'inquiétudes.
Mais la convalescence fut très-longue. Le malheureux bûcheron resta cloué près d'un an sur son lit
de douleur. Quand il put se lever, il était si faible
qu'il lui fut impossible de se remettre à ses rudes
travaux. Cependant le vide fait par la suspen-
sion du travail forestier, les salaires des ouvriers
qu'il avait fallu prendre pour cultiver le petit do-

maine, le prix des médicaments, les frais d'une nourriture choisie, avaient absorbé le revenu de l'année et au delà. De nombreuses dettes furent contractées, une seconde fille naquit, et Frank, hors d'état de reprendre ses occupations d'autrefois, se vit condamné à assister à la ruine de sa famille. Ne sachant comment faire face à une telle situation, il gémissait un jour devant Brigitte de son impuissance.

« Si j'avais, soupirait-il, ma vigueur passée, le mal serait bientôt réparé. Mais les médecins me l'ont dit, et je le sens, deux à trois ans s'écouleront avant que je puisse manier la cognée comme autrefois. Ces années qu'il nous faudra traverser emporteront notre modeste avoir, et nous laisseront dans une affreuse misère. »

Brigitte s'efforça, mais inutilement, de le consoler.

« Je ne me fais aucune illusion, reprit-il. Nous n'avons, pour le moment, qu'un parti à prendre : c'est de vendre parcelle à parcelle notre domaine, acquis au prix de nos sueurs.

— En effet, répondit Brigitte, il n'y a pas d'autre moyen pour nous de subsister.

— Que deviendront mes pauvres enfants, ajouta le bûcheron avec un accent désolé, quand nous n'aurons plus rien? que deviendrez-vous, mère? que deviendra ma pauvre Rose? »

Et il se couvrit la figure de ses mains en sanglotant ; mais il tressaillit tout à coup. Deux bras venaient de l'enlacer, et une voix douce, harmonieuse, celle de la jeune femme, murmura à son oreille :

« Ami, Dieu ne manque jamais aux malheureux qui l'invoquent. Il peut leur envoyer des épreuves, poser sa croix sur leurs épaules ; mais il les soutient, les relève, quand il le faut. Aie donc confiance en notre Père qui est aux cieux. »

Frank et Brigitte furent ravis de l'angélique apparition de Rose. La pieuse épouse du bûcheron reprit :

« Ne te souvient-il plus des reproches que le Seigneur adressait à ses disciples, à cause de leurs préoccupations ? Hommes de peu de foi, leur disait-il, pourquoi vous inquiéter du lendemain ? Comptez sur Celui qui donne aux oiseaux leur pâture, et qui revêt si richement le lis de la vallée. Tel est du moins le sens des paroles du Maître. Et il daignait ajouter : N'êtes-vous pas bien plus, aux yeux du Père céleste, que les oiseaux et les plantes champêtres ? »

Ce langage, inspiré par la plus vive confiance et si profondément chrétien, toucha Frank. Il se reprocha de s'être défié un instant de la Providence, et promit de se soumettre pleinement à la volonté de Dieu. Brigitte entra facilement dans les mêmes sentiments.

« Si nous sommes réduits, dit-elle, à tout vendre, jusqu'au toit qui nous abrite, eh bien, nous dirons avec le patriarche Job : Ces biens, Dieu nous les avait donnés, il nous les a ôtés, que son saint nom soit béni. »

Cette conclusion, Frank et Rose y adhérèrent d'un cœur parfaitement résigné. Contraints de se défaire de la plus grande partie de leur petit domaine, ils se montrèrent doux et soumis devant le malheur.

Bientôt il devint nécessaire de mettre en délibération la vente du domaine. Le cœur de toute la famille saigna à cette affligeante perspective. Enfin ils se décidèrent, et vendirent, mais avec faculté de rachat, la presque totalité de leur terre. Toutes les dettes furent payées, et il ne leur restait plus que les bâtiments, un jardin et une minime somme d'argent. Ce fut alors qu'une idée vint à Frank, et il la communiqua à Rose, après l'avoir étudiée mûrement.

« Je ne puis travailler encore à la forêt ni aux champs, dit-il, c'est vrai; mais il me semble que je pourrais faire autre chose.

— Quels sont tes projets? demanda la jeune femme avec intérêt.

— J'ai l'intention de me livrer au commerce, déclara-t-il.

— Ignores-tu, ami, interrogea Rose étonnée, qu'il faut pour cela beaucoup d'argent?

— J'opérerai sur une petite échelle, expliqua Frank en souriant. J'achèterai une médiocre pacotille; peut-être le Seigneur voudra-t-il bénir mon entreprise et me permettre d'étendre peu à peu mes affaires.

— Quoi! tu penses à me quitter! soupira la jeune femme.

— Faisons l'un et l'autre, pour nos enfants et notre mère, ce sacrifice, répliqua Frank. D'ailleurs je ne sortirai pas de la Thuringe, et le métier sera facile à exercer. »

Rose consentit avec peine. Brigitte, après quelques observations, ne s'opposa pas au dessein de son gendre. Néanmoins Frank crut devoir encore rassurer les deux femmes :

« Je m'éloignerai peu de ce village, promit-il. Je me contenterai de parcourir les bourgs et les villes d'alentour, et je reviendrai vous apporter mes petits bénéfices. »

Muni de quelques marchandises renfermées dans une balle légère, le bûcheron, devenu colporteur, se mit en route. Ses débuts ne furent pas brillants; les octrois, les péages de toute sorte, les entraves multipliées qui gênaient le commerce

à cette époque où régnait le système féodal, tout
cela empêcha Frank de gagner suffisamment pour
subvenir aux besoins de sa famille. Ses gains
si minces demeuraient bien au-dessous des dé-
penses de sa maison. Néanmoins il ne perdit pas
courage, et persista dans son entreprise. Il éten-
dit peu à peu le cercle de ses relations, fréquen-
tant assidûment les marchés et les autres réunions
publiques, où il étalait ses marchandises.

S'étant rendu à la foire annuelle d'Eisenach, il
ouvrit sa balle, comme les autres marchands, et
s'efforça d'attirer les chalands. Déjà il avait réussi
à vendre quelques objets, quand il aperçut le landgrave Louis de Thuringe, qui parcourait le champ
de foire. Le prince vint à lui, se mit à examiner
sa pacotille ; puis avec sa bonté habituelle :

« Mon ami, demanda-t-il, gagnes-tu donc de
quoi te nourrir avec ce petit négoce?

— Eh! Monseigneur, repartit le colporteur,
j'ai honte de mendier, et je ne suis pas assez
fort pour travailler à la journée. Je suis bien
forcé de me contenter de ce métier peu lu-
cratif.

— Tu n'as pas répondu à ma question, reprit
le landgrave en souriant.

— Souffrez alors, Monseigneur, que je vous
parle nettement, répliqua Frank. Si je pouvais
seulement aller sans entraves d'une ville à l'autre,

je réussirais, je pense, Dieu aidant, à gagner ma
vie avec cette pauvre boutique ; je suis même con-
vaincu qu'au bout de l'année elle vaudrait une fois
plus qu'au commencement. »

Le landgrave, touché de compassion, ajouta :

« Eh bien, je te donnerai mon sauf-conduit pendant un an ; tu n'acquitteras ni octrois ni péages
dans toute l'étendue de mes États. »

Frank, ému jusqu'aux larmes, se confondit en
remerciments. Le landgrave poursuivit :

« Combien estimes-tu toute ta marchandise ?

— Quatre rixdales, déclara le colporteur.

— Remets-lui quatre rixdales, ordonna le
prince à son trésorier qui le suivait, et fais-lui
expédier un sauf-conduit avec mon sceau ducal. »

Le ministre du landgrave fit signe qu'il allait
obéir, et Louis, se retournant vers Frank :

« Je veux, annonça-t-il, me mettre de moitié
dans ton commerce. »

Et comme le colporteur le regardait ébahi, se
demandant sans doute si tout cela n'était point un
rêve, le landgrave demanda :

« Me refuses-tu ?

— Non certes, Monseigneur, répondit Frank ;
j'accepte, au contraire, de grand cœur. Mais dans
toute association il y a des conditions.

— Promets seulement que tu seras fidèle compagnon, et moi je te tiendrai quitte de tout dommage. »

L'honnête Frank n'eut pas de peine à prendre cet engagement. Le prince le laissa au comble de la joie et ne doutant pas que Dieu ne lui accordât le plus complet succès dans ses entreprises. La foire terminée, notre marchand reprit en toute hâte la route de sa maison, pour annoncer à sa mère et à sa femme la bonne fortune qui lui était avenue.

VI

L'âne du landgrave.

Frank Muller rentra chez lui pour quelques jours, le front rayonnant, le sourire sur les lèvres. Quand elle le vit avec cet air qu'elle ne lui connaissait plus depuis longtemps, Rose lui dit en badinant :

« As-tu donc fait fortune ?

— Non, chère amie, répondit le colporteur sur le même ton ; mais je crois avoir trouvé à la foire d'Eisenach les éléments d'un avenir plus prospère.

— Explique-nous cela, » reprit la jeune femme en conduisant son mari près de Brigitte.

4

L'ancien bûcheron raconta la rencontre qu'il avait faite du landgrave, le sauf-conduit que le trésorier du prince lui avait délivré, et il montra les quatre rixdales.

« Cet argent, ajouta-t-il, je vais le convertir en marchandises, et je jouerai de malheur si je n'obtiens pas de beaux bénéfices. »

Les deux femmes comprirent que la Providence intervenait, dans la personne du bon duc Louis ; elles sentirent facilement de quel prix serait pour Frank la recommandation du landgrave, et que l'aisance ne tarderait pas à rentrer au logis. De plus, les forces revenaient chaque jour au brave homme, et l'on pouvait presque prévoir l'époque où il aurait recouvré sa vigueur première. Enfin le métier qu'il faisait, beaucoup moins rude que celui de bûcheron, promettait de lui rapporter bien davantage.

Cependant il se mêlait de la tristesse dans le cœur des deux femmes, malgré ces riantes perspectives. Il fallait que Frank se séparât d'elles encore pour de longs mois, pour des années peut-être : ainsi l'exigeait la profession de négociant. Mais elles se résignèrent, à la pensée que Dieu veillerait sur lui, et que, protégé par la main toute-puissante du Seigneur, il ne courrait pas plus de dangers à parcourir les provinces de la Thuringe qu'à demeurer chez lui.

Le colporteur, après avoir fait à sa femme, à sa belle-mère, à ses trois enfants de touchants adieux, reprit sa balle et se remit en route, le cœur un peu serré, mais plein d'espérance. Le succès ne tarda pas à remplir son attente. Il parcourut les pays voisins, exhibant son sauf-conduit ainsi que ses marchandises. Les preuves manifestes qu'il portait de la bienveillance du landgrave, ses manières polies et son visage ouvert lui valurent de nombreux et rapides achats; il renouvela plusieurs fois sa pacotille, et, à la fin de l'année, il avait considérablement grossi son fonds, d'abord si minime.

Au premier jour de l'an, Frank Muller, sa balle sur le dos, monta au château de la Wartbourg, et demanda à voir le prince. Le serviteur auquel il s'adressa voulut l'éconduire, mais le colporteur insista :

« J'ai, dit-il, des comptes à régler avec Monseigneur.

— Quoi ! fit le valet en éclatant de rire, prends-tu notre illustre maître pour un commerçant ?

— Je ne me permettrais pas de lui donner ce titre, répondit Muller. Cependant il est mon associé. »

En même temps le colporteur montra le sauf-conduit. Le serviteur, soupçonnant qu'il y avait dans tout ceci un acte mystérieux de bienfaisance, consentit à introduire Frank. Le landgrave ne le reconnut pas sur-le-champ ; mais l'ancien bûcheron lui dit avec une respectueuse familiarité :

« Monseigneur, avez-vous donc oublié votre associé de la foire d'Eisenach ?

— C'est juste, s'écria le prince, qui se rappela tout à coup la rencontre. Eh bien, où en sont nos affaires ?

— Mon commerce a prospéré, grâce à vous, Monseigneur, et je viens vous rendre compte de mes bénéfices, dont il vous revient la moitié.

— Ta loyauté me plaît, déclara le landgrave ; aussi je veux que tu laisses ma part à ta famille. Nous continuerons comme nous avons commencé, et je te renouvelle pour un an le sauf-conduit. »

Le colporteur, ravi de la bonté du prince, le remercia avec effusion, et s'en alla passer une semaine dans sa famille. Il continua, chaque premier jour de l'an, à revenir fidèlement à la Wartbourg, pour rendre compte de ses succès au landgrave, qui très-gracieusement abandonnait toujours sa part. Bientôt son fonds devint si considérable, qu'il lui fut impossible de le porter sur le dos, bien qu'il eût recouvré la plénitude de ses forces. Alors il se décida à acheter un âne, fit deux ballots de ses marchandises, et entreprit des tournées beaucoup plus longues et plus productives. Grâce au sauf-conduit du landgrave de Thuringe, dont le nom était respecté non-seulement dans tout l'empire d'Allemagne, mais même dans les pays étrangers, Frank Muller parcourut la Saxe, la Franconie, la Bohême, la Bavière, la Moravie, l'Autriche, la Carinthie, et poussa même jusqu'à Venise, qui était déjà comme l'entrepôt de toutes les marchandises de l'Orient et de l'Occident. Il se fournit à bas prix, dans cette dernière ville, d'une foule d'articles qu'il comptait revendre cher en Allemagne; il acquit même des bijoux, dont quelques-uns fort rares, qu'il destinait aux plus riches châtelaines.

Cette spéculation, dans laquelle il avait mis tout ce qu'il possédait, réussit parfaitement à Muller. Il vendit promptement la moitié de ses marchandises, et fit d'énormes bénéfices. Enfin il se dirigea du côté de la Wartbourg, car l'année touchait à sa fin, et il voulait visiter le landgrave, revoir sa famille, peut-être mettre un terme à ses courses.

Ayant atteint la Franconie, le colporteur, devenu négociant, s'arrêta en passant à Wurtzbourg, et étala ses marchandises sur la grande place de la ville. Les habitants accoururent de toutes parts pour examiner cette riche pacotille. Il se présenta beaucoup d'amateurs, mais peu d'acheteurs, car les articles mis en vente étaient tous d'un prix élevé. Cependant quelques Franconiens stationnaient devant la boutique, et, séduits par l'éclat des bi-

joux, parlaient d'en procurer quelques-uns à leurs
femmes ou à leurs filles. Deux individus surtout,
d'âge mûr déjà et de mine équivoque, s'y arrêtèrent longtemps. Ils demandèrent à plusieurs re-
prises le prix de divers objets qu'ils paraissaient
convoiter; mais ils se récriaient chaque fois, le
trouvant très-exagéré. A la fin, Frank, impa-
tienté, répondit avec quelque vivacité :

« Ces bijoux que vous marchandez, je les ai
payés cher; je ne puis pourtant les céder au-
dessous de leur valeur. Sachez, une fois pour
toutes, que je ne surfais jamais. Je me contente
d'un honnête bénéfice. Aussi, le prix étant déter-
miné, je ne fais point de concessions.

— Si vous le prenez sur ce ton, mon maître,
dit l'un des deux curieux, je doute que vous
fassiez beaucoup d'affaires en cette ville.

— En ferais-je avec vous en agissant autrement? » s'enquit le marchand d'un ton tant soit
peu railleur.

Les deux hommes ne répondirent pas, mais se
regardèrent l'un l'autre d'un air interrogateur.
Frank ajouta :

« Vous voudriez obtenir mes bijoux pour rien?

— Vous l'avez dit, déclara insolemment le personnage qui avait déjà pris la parole.

— En ce cas, répliqua Frank, nous ne saurions
nous entendre. »

Et il cessa de s'occuper de ces deux hommes.
Quant à eux, ils se retirèrent sans bruit. Ils se
rendirent dans un faubourg écarté de la ville, ne
renfermant guère que des masures. Ils s'arrêtèrent
devant une maison mal bâtie, poussèrent une porte
à demi démantelée, et pénétrèrent dans une cour
obscure, humide, resserrée entre de hautes murailles. Étant descendus de quelques marches, ils
s'avancèrent par un couloir sombre et atteignirent
une vaste salle, faiblement éclairée par une petite
fenêtre grillée.

Les deux hommes firent entendre un signal
mystérieux, et s'assirent sur un banc de bois qui
longeait le mur. Bientôt parurent quatre individus aux vêtements délabrés, à la figure hâve, ri-
dée, sinistre. Ils s'inclinèrent légèrement devant
les deux premiers venus, et restèrent debout.
L'homme qui s'était entretenu avec le colporteur, et que nous nommerons Hirchman, jeta
un coup d'œil vers la porte, pour s'assurer qu'elle
était bien fermée; puis il s'adressa aux quatre individus accourus au signal.

« Mes braves, leur dit-il, nous avons découvert
un beau coup à faire. »

Les yeux des bandits (car ces hommes n'étaient
pas autre chose) brillèrent d'un éclat sinistre, et
Hirchman reprit :

« En ce moment, un colporteur tient étalés sur

la place de riches bijoux ; sa pacotille vaut une somme considérable. »

Les misérables, alléchés par ce début, se rapprochèrent d'Hirchman, qui poursuivit :

« J'ai pensé que nous devions nous emparer de ce trésor.

— Et vous avez pensé sagement, maître, répondit le plus âgé des quatre brigands. petit homme vigoureux, alerte, dont le regard mobile scintillait sans cesse, et accusait une âme profondément rusée.

— Ainsi vous êtes prêts ? demanda Hirchman, qui était le chef des bandits.

— A vos ordres, maître, répliqua encore le plus âgé des voleurs.

— Il n'y a aucun danger à courir, déclara Hirchman ; le colporteur ne possède d'autres armes que son bâton de voyage.

— Que nous importe ? s'écrièrent à la fois les quatre scélérats : n'avons-nous pas de bons poignards ?

— Nous n'aurons point besoin de nous servir de nos armes, affirma le chef, et cela vaut encore mieux. De la manière dont nous procédons, il est difficile de nous découvrir. Évitons, autant que possible. de répandre du sang ; car dès qu'il y a mort d'homme, l'attention publique se préoccupe. on ordonne force enquêtes, et l'on fait courir des risques à ceux qui ont travaillé avec le poignard ou le couteau. Il n'en est pas de même d'un vol, chose si fréquente à notre époque. Ainsi il est convenu, comme d'habitude, que vous ne ferez pas de mal au colporteur. »

Les bandits murmurèrent un *oui* presque inintelligible; ils aimaient presque mieux le sang que l'or ou les bijoux. Néanmoins ils se soumirent aux ordres du chef, qui ajouta :

« Voici le plan à suivre; il n'est pas compliqué. Le marchand ne peut manquer de quitter bientôt Wurtzbourg. Vous serez informés sur-le-champ de la route qu'il aura prise; vous accourrez vous embusquer sur son passage. Au signal que je donnerai, vous vous jetterez sur lui, vous le garrotterez, vous le porterez à l'écart, et nous ferons main basse sur sa pacotille. Est-ce compris?

— Parfaitement.

— Vous serez largement récompensés. Tenez-vous donc prêts.

— Nous le sommes toujours. »

Hirchman et son compagnon, ou, pour mieux dire, son lieutenant, se levèrent. Ils sortirent de la maison par une autre porte que celle dont nous avons parlé plus haut; ils regagnèrent le marché pour surveiller les mouvements de Frank, et y arrivèrent au moment où il remballait sa marchandise. Les bandits se cachèrent dans la foule.

sans perdre de vue le colporteur. Celui-ci, ayant renfermé tous ses articles, chargea les ballots sur son âne, et, comme il n'était guère que midi, il se mit en route.

Hirchman et son acolyte le suivirent de loin jusqu'à la porte de la ville, pour savoir quelle route il prenait. Dès qu'ils furent renseignés sur ce point, ils coururent à leur repaire ; le chef fit entendre un cri étrange, auquel il fut répondu de l'intérieur, et, au bout de quelques minutes, les quatre hommes qui lui obéissaient parurent. Il leur prescrivit de marcher isolément, comme s'ils ne se connaissaient pas.

« Une fois que vous serez hors de Wurtzbourg, ajouta-t-il, réunissez-vous, jetez-vous du côté droit de la route, dans les bois qui la bordent, et hâtez le pas, afin de devancer le marchand jusqu'à la grande borne.

— Cela fait, maître, interrogea le petit homme, que nous ordonnez-vous ?

— Vous attendrez que le colporteur arrive en face de vous. Nous irons derrière lui ; un sifflement aigu retentira au moment propice. A l'instant vous vous précipiterez sur le voyageur, et vous le traiterez comme nous en sommes convenus. »

Les quatre brigands se séparèrent, et gagnèrent les uns après les autres la porte de la ville. Dès

qu'ils furent hors de Wurtzbourg, ils se réuni-
rent, se glissèrent dans le bois, et devancèrent
bientôt Frank, qui marchait en toute sécurité, ne
se doutant guère du guet-apens qu'on lui tendait.

De son côté, Hirchman, accompagné de son
complice, cheminait rapidement, se rapprochant
toujours du voyageur qu'il voyait devant lui. Il
donne son coup de sifflet. Frank se retourne. Les
quatre bandits s'élancent, et Frank est saisi, gar-
rotté, bâillonné et déposé la face en terre dans les
broussailles qui bordent la route.

Laissant les articles de moindre valeur, le chef
fit main basse sur les bijoux et sur l'argent du
malheureux colporteur, qui, s'étant retourné,
voyait tout du fond des broussailles. Quelques minutes suffirent pour accomplir ce vol. Lorsque les
quatre brigands, qui avaient mis Frank hors d'état
de se défendre, réclamèrent leur salaire, Hirchman leur indiqua l'autre partie du bois, qui longeait le côté gauche de la route, et les six scélérats
disparurent dans les profondeurs de la forêt. Là,
le chef donna l'argent trouvé à ses complices, et
garda les bijoux pour sa part.

Le malheureux Muller réussit, après des efforts
prodigieux, à dégager l'une de ses mains. Bientôt
il était libre et rentrait sur la route; un Franconien emmenait déjà son âne chargé vers Wurtzbourg. Il courut à lui, et voulut reprendre et sa

monture et sa marchandise; mais l'autre le repoussa.

« Sais-tu que j'ai un sauf-conduit du landgrave? s'écria le colporteur, fou de douleur de se voir enlever le fruit de tant de travaux.

— Que m'importe? répondit le Franconien; j'ai trouvé cet âne abandonné, et je l'emmène. »

Frank pensa d'abord à porter plainte aux autorités de la ville; mais il réfléchit qu'il valait mieux s'adresser directement au prince Louis. Il partit donc pour Eisenach, où il était sûr de le trouver. Admis en présence du landgrave, il lui raconta sa mésaventure.

« Ne te mets pas en peine de notre marchandise, répondit le prince en riant; je viendrai à bout, sous peu, de te la faire rendre, et d'avance je t'abandonne ma part. »

En effet, Louis convoqua sur-le-champ les comtes, les chevaliers, les écuyers des environs, et même quelques milices de villageois, qui combattaient à pied. Au jour fixé pour le rendez-vous, le landgrave se vit à la tête d'une troupe nombreuse et pleine d'ardeur. Il expliqua à ses guerriers le motif pour lequel il les avait rassemblés.

« Il faut, ajouta-t-il, que les habitants de Wurtzbourg fassent justice, et restituent ce qui a été volé dans la banlieue de leur ville à un de mes sujets. »

Chefs et soldats répondirent par des acclamations, protestant qu'ils étaient prêts à suivre leur noble chef partout où il lui plairait de les conduire.

Le duc fit donner un cheval et des armes à Frank Muller, et il lui dit :

« Nous sommes de perte et de gain. Il est juste que tu coures avec ces braves gens les risques d'une entreprise dont le but est de défendre nos intérêts. »

Le colporteur acquiesça volontiers aux vœux du landgrave, et partit avec les troupes.

Les hommes d'armes thuringiens, conduits par le prince Louis, entrèrent sans délai en Franconie, et s'avancèrent jusqu'aux portes de Wurtzbourg, la menace à la bouche et s'enquérant partout de l'âne du landgrave. A la nouvelle de cette invasion extraordinaire, dont il ne pouvait deviner le motif, l'évêque, seigneur de la ville, dépêcha un député au duc.

« Mon maître, commença l'envoyé, me charge, seigneur, de vous demander pourquoi vous envahissez ainsi son territoire. Quel dommage vous a-t-il causé ?

— Je n'ai pas à me plaindre du seigneur évêque personnellement, répondit le landgrave, mais bien de ses gens.

— Que vous ont-ils fait ?

— Ils m'ont volé un âne avec les marchandises qu'il portait.

— Le prélat, je le jure, déclara l'envoyé, ignore le tort que vous avez subi.

—Qu'il avise donc à le réparer, et je me retirerai sans lui faire aucun mal. »

Le député s'en alla, et rendit à l'évêque la réponse du landgrave. Le pontife réfléchit un instant; puis, appelant quelques-uns de ses officiers :

« Rassemblez promptement sur la grande place les hommes de la ville, » ordonna-t-il.

Bientôt ce commandement fut exécuté. Alors l'évêque fit prier le landgrave d'entrer dans Wurtzbourg avec son escorte. Louis entra avec ses troupes.

« Seigneur, lui dit l'évêque, voici tous mes hommes rassemblés, cherchez les coupables, je les forcerai à restitution; de plus, je leur infligerai le châtiment qu'ils méritent. »

Le landgrave, se tournant vers Frank, l'invita à désigner les voleurs. Le marchand parcourut de son regard perçant tous les rangs, et indiqua d'abord du doigt le Franconien qui avait emmené l'âne.

« Cependant, ajouta-t-il, celui-ci n'est pas le plus coupable.

- - Qu'on l'arrête sur-le-champ, » commanda le prince-évêque.

Ce qui fut exécuté. Frank continua son inspection et ne tarda pas à découvrir, se blottissant dans la foule, Hirchman et son compagnon.

« Voilà, s'écria-t-il, en se précipitant vers eux, les scélérats qui m'ont fait garrotter, puis qui m'ont dérobé mon or et mes bijoux. »

Les deux misérables voulurent s'enfuir ; mais la multitude, indignée, leur barra le passage et les remit aux mains des officiers de l'évêque. Interrogés aussitôt, ils finirent par avouer leur crime, et dénoncèrent leurs complices. Ces derniers furent pris également. L'évêque, ayant prescrit une rigoureuse perquisition, recouvra toutes les marchandises, les rendit à Frank en même temps que l'âne, et lui remit une somme d'argent pour l'indemniser complétement. Quant aux coupables, ils subirent un châtiment exemplaire.

Alors le landgrave s'en retourna dans ses États, charmé du succès de son intervention, et accompagné des bénédictions du pauvre peuple dont il prenait si chaleureusement la défense.

Ce n'était pas la première fois d'ailleurs que le duc Louis agissait de la sorte. L'année précédente, ayant appris que quelques-uns de ses sujets qui trafiquaient avec la Pologne avaient été volés et dépouillés auprès du château de Lubitz, il demanda au duc de Pologne une satisfaction qui lui fut refusée. Rassemblant à l'instant une armée considérable, il marcha sur ce château, le prit, le rasa, et revint en Thuringe, laissant dans toute l'Allemagne l'opinion la plus favorable de sa justice, de son courage à la guerre et de son amour pour ses peuples.

Frank Muller, de son côté, partit aussi pour la Thuringe, écoula entièrement en route ses marchandises, et arriva chez lui sans nouvel incident. Il serait difficile de rendre avec quels transports il fut accueilli par sa belle-mère et sa femme, qui ne l'avaient pas vu depuis un an. Il trouva ses enfants grandis et charmants, et il ne pouvait assez remercier Dieu, qui l'avait si visiblement protégé.

Le domaine primitif, aliéné durant sa longue maladie, avait été racheté tout entier, et même considérablement augmenté, grâce aux bénéfices du négoce. Le vieil Hans dirigeait l'exploitation des champs, et avait sous lui plusieurs ouvriers choisis parmi les meilleurs des environs. De plus, l'heureux colporteur rapportait une forte somme d'argent, qui le faisait riche pour toujours. Les épreuves passées furent oubliées, et l'avenir apparut à la vertueuse famille avec les plus riantes perspectives.

VII

Sous la bannière.

Le lendemain de l'arrivée de Frank Muller, Rose lui dit en présence de Brigitte :

« Ne penses-tu pas, ami, mettre bientôt un terme à tes courses ?

— C'est fait, répondit-il. Mon intention n'est point de continuer mon commerce ; je me trouve assez riche, car le landgrave veut bien me laisser la part à laquelle il avait droit comme associé.

— Tu me rends complètement heureuse, s'écria la jeune femme avec un accent attendri. Ainsi nous ne nous séparerons plus ?

— Non ; du moins ce ne sera pas de mon plein gré.

— Tu as raison, ami Frank, déclara Brigitte, et je reconnais, à la résolution que tu prends, que tu es profondément sage. Je craignais qu'en amassant des richesses tu ne devinsses ambitieux. Dieu soit loué de ce que tu nous reviens modéré, ainsi qu'autrefois, dans tes désirs.

— Rien ne me plaît comme notre foyer, reprit-il. Ce serait pour moi un immense sacrifice de m'en éloigner encore »

Conformément aux vues qu'il venait de manifester, Frank s'occupa d'arrondir encore sa propriété, et de placer avantageusement les capitaux qu'il possédait.

Un jour d'hiver, il rêvait, assis devant l'âtre où brillait une flamme ardente, aux moyens d'embellir son humble demeure; sa mère et sa femme filaient auprès de lui, et les enfants s'ébattaient dans la salle avec mille cris joyeux. Tout à coup il fut tiré de sa méditation par le galop d'un cheval, qui s'arrêta à sa porte. Avant qu'il eût eu le temps de se lever, un brillant cavalier entrait, et jetait son manteau sur une table, après avoir salué courtoisement. Répondant à l'invitation de Frank qui s'empressa d'approcher un siége, le cavalier s'assit devant le foyer. C'était un tout jeune homme, portant une toque de velours bleu broché d'or, d'où s'échappait une longue et soyeuse chevelure blonde; son visage était plein de grâce; une légère moustache ornait la lèvre supérieure, et une grande bienveillance se lisait dans ses yeux bleus et sympathiques. Il était vêtu avec magnificence, et l'aisance de ses manières, la noblesse de son maintien, annonçaient une origine distinguée.

« C'est bien ici qu'habite M. Frank Muller? demanda le cavalier.

— Oui, Messire, répondit l'ancien colporteur, étonné de recevoir une pareille visite.

— N'êtes-vous pas l'associé du prince? reprit l'inconnu.

— Notre contrat se trouve dissous par le fait et avec l'approbation du landgrave, répliqua Frank en souriant. J'ai quitté le négoce.

— Vous avez raison, constata le cavalier, ce n'est point là une profession qui convienne à un homme tel que vous.

— Permettez-moi de vous le dire, réclama Frank, vous me comprenez mal, Messire; je ne rougis pas du métier de marchand, tant s'en faut; je me réjouis de l'avoir fait et je m'en honore : car, Dieu aidant, mon honnête trafic m'a mis à même de tirer ma famille de la misère.

— Mon intention n'est pas, croyez-le bien, de jeter le mépris sur l'industrie. Cependant vous paraissez né pour autre chose que le négoce.

— J'étais bûcheron autrefois, et je me prépare à exploiter mes propriétés, à les faire valoir par moi-même.

— Monsieur Muller, dit le jeune cavalier, notre noble et illustre maître le landgrave a jugé que vous méritiez d'entrer dans une autre carrière.

— Que voulez-vous dire? s'écria Frank inquiet.

— Voici la mission dont Monseigneur m'a chargé, poursuivit le messager, car je fais partie de la cour ducale : il veut que je vous fasse savoir qu'il apprécie grandement votre loyauté et qu'il a conçu pour vous une singulière estime.

— Monseigneur est mille fois trop indulgent, balbutia l'ancien bûcheron.

— En outre, continua le cavalier, le landgrave, dans l'expédition que nous avons faite pour recouvrer votre âne et vos marchandises, a beaucoup admiré votre sang froid, votre résolution, votre vigueur peu commune. Il aimait à nous faire remarquer que vous vous comportiez sous les armes comme si de votre vie vous n'eussiez manié autre chose que la lance et l'épée. »

Muller, confus, embarrassé de ces éloges, baissait la tête sans savoir que répondre. Le messager se hâta d'ajouter :

« J'ai l'ordre de vous annoncer quelles conclusions le landgrave tire de ses observations ; il pense que vous feriez un excellent homme d'armes.

— Vous voulez vous railler de moi, Messire, répliqua Frank ; je ne suis qu'un pauvre homme, je n'ai guère les allures d'un guerrier.

— Tel n'est point l'avis du prince.

— Vous vous serez trompé, souffrez que je le dise ; vous m'avez pris pour un autre.

— Point, déclara le cavalier. C'est bien de vous, monsieur Frank Muller, qu'il s'agit. Or le landgrave m'a prescrit de vous informer qu'il désirait vous attacher à sa personne.

— Moi! est-ce possible? murmura l'ancien colporteur, au comble de la stupéfaction.

— Oui, vous, monsieur Frank Muller, qui naguère étiez l'associé du landgrave. Monseigneur souhaite d'autant plus de vous avoir à sa suite, qu'il a besoin d'hommes en ce moment.

— A quelle entreprise le prince veut-il donc me conduire? interrogea Frank.

— L'empereur Frédéric II, son suzerain, vient de l'inviter à le rejoindre en Italie. Le bon duc doit partir prochainement, avec tous ses guerriers disponibles, pour la Péninsule, où la guerre a éclaté de nouveau. »

A cette explication, Brigitte et Rose poussèrent un cri de douloureuse angoisse.

« Messire, supplièrent-elles les mains jointes, ne nous enlevez pas Frank. Ce serait mettre le deuil dans cette maison. Voyez, nous ne sommes que deux faibles femmes, et voici trois enfants encore en bas âge qui réclament les soins et la protection d'un père. Et puis, celui que vous voulez emmener sera sans cesse exposé aux plus grands périls.

— Ne craignez rien, interrompit le cavalier avec bienveillance. M. Muller est en faveur auprès du landgrave, il ne sera pas confondu dans la foule des soldats. Notre maître lui donnera le rang d'écuyer. Comprenez-vous quel honneur ce sera pour celui qui vous est cher à si bon droit?

— Hélas! soupira Brigitte, les honneurs, la gloire, la puissance, valent-ils le paisible bonheur du foyer? »

Frank, si affecté qu'il fût de la nouvelle séparation qu'on lui demandait, sentit pourtant qu'il ne pouvait refuser le service de sa personne au prince, son souverain et son bienfaiteur. Dominant donc sa douleur, il s'efforça de consoler sa femme et sa belle-mère.

« Rappelez-vous, leur dit-il, tous les bienfaits que nous avons reçus de Dieu, et comment, dernièrement encore, sa main nous a protégés. Le landgrave a été l'instrument de ces faveurs : n'est-il pas juste que nous lui en témoignions notre reconnaissance autrement que par des paroles? »

Brigitte et Rose gardèrent le silence ; elles comprenaient parfaitement que Frank avait raison, mais le courage de l'avouer leur manquait. L'ancien colporteur reprit :

« Le duc, lui aussi, laisse en Thuringe sa noble épouse et de jeunes enfants, pour courir là où le devoir l'appelle. Soyons généreux; nous n'avons pas d'autre moyen de payer à Dieu et au prince ce que nous leur devons. »

Il y eut une longue pause pendant laquelle le cavalier, respectant la peine de cette vertueuse famille, admirait les sentiments élevés de Muller.

Celui-ci attendait de sa mère et de sa femme une parole de résignation. Rose portait tour à tour ses yeux baignés de larmes sur son mari et sur ses enfants. Brigitte repassait dans son esprit les malheurs passés, les épreuves cruelles qui avaient brisé autrefois son cœur maternel. Elle se souvenait de l'apparition du capitaine Othe Brünner, du mariage de sa fille, du départ de la malheureuse Marguerite. Elle se disait que les hommes de guerre, ayant été funestes déjà à l'une de ses filles, causeraient encore la perte de son gendre. Elle songeait en frémissant aux hasards des combats, aux dangers de toutes sortes qui entourent le soldat, et son cœur ne pouvait se consoler. A la fin, elle rompit le silence.

« Qui protégera ma fille et ses trois enfants qui lui restent, dit-elle en sanglotant, quand Frank sera parti? Qui veillera sur son domaine? Que pourra faire notre vieux serviteur, qui commence à fléchir sous le poids des ans?

— Soyez sans inquiétude, répliqua le cavalier; le prince connaît parfaitement votre situation, et il a tout prévu, de concert avec la bonne duchesse Élisabeth.

— Qu'a-t-il donc réglé à l'égard de ma famille? demanda Muller.

— Ce n'est point pour le malheur de cette maison, reprit l'envoyé, que le landgrave désire s'atta-

cher un brave et fidèle serviteur de plus. Avec sa
bonté ordinaire et l'admirable délicatesse qui le
distingue, il a pourvu à votre sort. Il sait vos malheurs passés, les vertus qui fleurissent sous cet
humble toit, le dévouement héroïque que vous
avez montré, en maintes occasions, les uns pour
les autres, et les actes nombreux de charité chrétienne que vous ne cessez d'accomplir. Aussi a-t-il
décidé que pendant votre absence, monsieur
Muller, votre épouse demeurerait au château, près
de la duchesse Élisabeth, en qualité de suivante.
Quant à vous, bonne mère Brigitte, vous accom-
pagnerez votre fille dans la demeure princière,
et vous y conduirez vos petits-enfants, qui
seront élevés près du fils et des deux filles du
landgrave.

— Y songez-vous, Messire? fit la pieuse femme.
Avez-vous oublié qui nous sommes?

— Vous êtes de braves gens, honnêtes, vertueux, dévoués, tels, en un mot, que le prince les
aime.

— La princesse, que dira-t-elle en voyant introduire au château des villageois?

— Êtes-vous donc la seule, dans le pays, à
ignorer les éminentes vertus de la bonne duchesse
Élisabeth? L'épouse du landgrave est un ange,
une sainte. Son bonheur est de vivre avec les
pauvres et les humbles de ce monde.

— Nous devrions songer à exprimer notre reconnaissance pour tant de bonté de la part de notre
souverain, dit à son tour Frank ; mais il n'existe
pas de termes dans notre vieille langue germanique
pour rendre ce que j'éprouve. Toutefois, Messire,
j'oserai hasarder un mot encore ; il s'agit de notre
vieux serviteur, Hans Klein ; que deviendra-t-il,
si nous l'abandonnons dans ses dernières années,
lui qui nous a généreusement consacré la meilleure
portion de sa vie ?

— Le landgrave a également prévu cette observation. Hans restera ici pour surveiller l'exploitation de votre domaine ; quelques fermiers
de Monseigneur seront placés sous ses ordres, et
il montera au château tous les jours, s'il le désire. »

Le vieillard, qui avait écouté jusque-là, morne
et abattu, la conversation, se redressa à ces mots,
avec un rayon de joie dans le regard. Il lui en
coûtait sans doute de se séparer de ses maîtresses ;
mais il voyait dans les propositions du landgrave
un honneur et un bienfait pour ceux qu'il aimait,
et cela lui suffisait.

Le cavalier, ayant atteint le but de sa mission,
se leva pour partir. Les enfants, enhardis par la
satisfaction qu'ils voyaient succéder à la tristesse
sur toutes les figures, s'approchèrent de lui,
comme pour mendier une caresse ; il se laissa, et

5.

déposa un baiser sur leurs fronts radieux. Puis, se tournant de nouveau vers Muller :

« Ainsi vous consentez, constata-t-il.

— Oui, Messire, répondit avec fermeté l'ancien colporteur.

— En ce cas, je vais rendre compte au landgrave du succès de ma démarche. Il s'en réjouira, je vous l'assure.

— Veuillez lui exprimer aussi notre profonde reconnaissance pour ses nouvelles bontés, recommanda Frank.

— Je n'y manquerai pas. D'ailleurs vous aurez bientôt l'occasion de lui parler vous-même. »

En achevant ces paroles, le cavalier prit congé de Muller et de sa famille, sortit de la maison, remonta à cheval, et se dirigea rapidement du côté de la Wartbourg. Il reparut le lendemain.

« Le prince, dit-il, vous sait gré de vous être rendu à son invitation, brave Frank Muller. Maintenant préparez-vous à partir.

— Quand dois-je rejoindre l'armée? demanda l'ancien colporteur.

— D'ici à quatre jours.

— Où se réunit-elle?

— A Eisenach.

— Permettez-moi une question encore.

— Parlez en toute liberté; s'il m'est possible de vous répondre, je le ferai volontiers.

— Les troupes sont-elles donc sur le point de quitter le pays?

— Dans cinq jours elles se mettront en route, sous la conduite du landgrave.

— Je serai exact au rendez-vous. Ma femme, ma mère, mes enfants, quand devront-ils se rendre au château?

— Madame Élisabeth ne tardera pas à les mander. Reposez-vous sur elle du soin de toutes choses.»

En ce moment Brigitte et Rose entrèrent, et tressaillirent à la vue de l'envoyé du prince. Frank leur fit part de la mission nouvelle du cavalier, puis il demanda à celui-ci:

« Irai-je seul à Eisenach?

— Vous connaissez la route? s'enquit le messager.

— Parfaitement; j'ai souvent visité cette ville.

— Cependant, comme je pars moi-même demain avec quelques officiers du prince, je vous invite à vous joindre à nous.

— Merci, Messire, je profiterai de votre offre bienveillante. »

Le cavalier se dirigea vers la porte, après avoir tendu la main à Frank comme à un égal, et il retourna à la Wartbourg.

Le jour suivant, Muller pressa longtemps sa femme et sa belle-mère dans ses bras; il couvrit de baisers ses enfants en versant des larmes et le cœur si serré, qu'il ne put que balbutier quelques mots d'adieu. Ensuite il s'arracha de cette maison où il avait espéré, au retour de Wurtzbourg, retrouver pour jamais la paix et le bonheur. Toutefois il s'éloigna résigné, et comptant fermement sur la protection divine. Brigitte et Rose, dans leur douleur, ne demeurèrent pas sans consolation. Elles comprenaient, les saintes femmes, que Frank accomplissait un devoir, un ordre divin en quelque sorte, et elles se souvenaient de cette parole du Sauveur: *Cherchez d'abord le royaume de Dieu et sa justice, le reste vous sera donné par surcroît.*

VIII

A la Wartbourg.

Le surlendemain du départ de Frank Muller pour Eisenach, trois femmes mises simplement, mais avec goût, descendaient un peu avant midi les pentes du château de la Wartbourg. L'une d'elles, qui paraissait être la maîtresse et qui l'était en effet, parlait avec bonté à ses deux compagnes. Elle était dans toute la fleur de sa jeunesse et douée d'une rare beauté. Une merveilleuse sérénité, indice de la paix profonde de l'âme, éclatait dans

son regard et sur sa douce figure. Une grâce touchante, répandue dans toute sa personne, tempé-
rait l'imposante dignité de son attitude.

Cette noble femme était l'épouse du landgrave,
la pieuse Élisabeth de Hongrie, la sainte princesse
que toute la Thuringe vénérait. Elle se rendait à
pied, par les sentiers de la montagne, à la demeure
de Frank Muller. En la voyant entrer sous leur
toit, Brigitte et Rose s'inclinèrent avec autant de
respect que devant une habitante des cieux ; mais
la duchesse, allant à elles en souriant, leur dit
d'une voix harmonieuse :

« Je viens vous chercher. Une place vous attend
au château, et j'ai hâte de vous voir près de moi
avec vos chers enfants. »

En même temps la princesse tendit ses mains aux
deux femmes, qui s'en emparèrent et les baisèrent
avec transport.

« Je ne mérite pas ces marques d'affection, reprit humblement Élisabeth, car je n'ai encore rien
fait pour vous.

— Vous n'avez rien fait pour nous, noble dame,
s'écria Brigitte. Mais nous devons tout à l'illustre
landgrave ; sans lui nous serions aujourd'hui dans
la plus affreuse misère.

— Mon mari est bon, interrompit la duchesse,
et vous avez raison de lui être reconnaissantes. Mais

il a fait cette bonne œuvre seul ; à lui donc tout le mérite. »

Sur la recommandation d'Élisabeth, Brigitte et Rose se préparèrent, et bientôt elles purent suivre la princesse à la Wartbourg. Le vieux Klein les accompagna ; il portait plusieurs objets appartenant à ses maîtresses. La duchesse, qui ne connaissait guère que de réputation la belle-mère et la femme de Frank Muller, fut ravie de les trouver telles qu'on les lui avait dépeintes, bonnes, pieuses, dévouées.

Élisabeth installa Rose dans une chambre près de son appartement ; car elle voulait l'avoir souvent avec elle, dans ses prières, ses travaux ou ses visites au dehors. Elle se plut bientôt singulièrement dans la société de la jeune femme, au point que c'eût été pour elle un grand sacrifice de s'en séparer.

Brigitte, qui possédait à un haut degré toutes les qualités d'une excellente gouvernante, fut commise à la surveillance des enfants du landgrave et à celle des enfants de sa fille. Bien que ces deux femmes n'eussent jamais vécu dans les demeures somptueuses des grands, et qu'elles ne connussent que les habitudes du village, elles ne parurent point déplacées au château de la Wartbourg. Elles avaient reçu de la nature un caractère élevé, un tact admirable, et comprenaient d'instinct ce qui convenait dans leur position nouvelle. Elles s'acquittèrent de

leurs fonctions sans présomption comme sans hési-
tation.

D'ailleurs la vie était singulièrement facile et
douce avec la sainte épouse du landgrave de Thuringe. La duchesse traitait ses femmes plutôt en
égales qu'en inférieures. Une mesure parfaite régnait dans tous ses actes, et chacune de ses suivantes s'efforçait de l'imiter.

Brigitte et Rose admiraient les voies de la Providence qui, des plus humbles situations, les avait
conduites dans le palais des grands. Elles, pauvres
villageoises, qui n'avaient jamais rien ambitionné
que le pain de chaque jour, vivaient dans l'opu-
lence; le chef de la famille, admis parmi les hommes
d'armes du prince, était sur la voie des honneurs.
En même temps les deux femmes faisaient un triste
retour sur le passé, se rappelant avec douleur Marguerite, dont elles n'avaient plus entendu parler
depuis son départ. Qu'était-elle devenue, l'ambi-
tieuse jeune fille? Avait-elle conquis le bonheur?
A ces questions nul, au château de la Wartbourg,
n'aurait pu répondre. Brigitte et Rose craignaient
à bon droit que le silence de l'épouse d'Othe Brünner ne fût un indice funeste. Marguerite, pensaient-
elles, n'avait pas pris le vrai chemin de la félicité.
Dans la malheureuse enfant se réalisait peut-être
cette divine sentence : « Quiconque s'élèvera sera
« abaissé, et quiconque s'abaissera sera élevé. » Elles

savaient que la justice céleste, bien qu'elle doive
s'exercer dans sa plénitude ailleurs que sur la
terre, se plaît parfois à redresser dès ici-bas les
voies humaines.

La situation de Brigitte et de Rose était donc mille
fois préférable, selon toutes les apparences, à celle
de Marguerite. Au reste, la duchesse, n'importe
envers quelle condition, eût répandu le bonheur
autour d'elle, tant ses vertus étaient éminentes et
sa bonté parfaite.

Élisabeth était née en Hongrie, en 1207. Fille du
roi André et de la reine Gertrude, elle fut fiancée
dès le bas âge au prince Louis, fils du landgrave
Hermann de Thuringe. Elle n'avait que quatre
ans quand on l'apporta à la Wartbourg, envelop-
pée d'une robe de soie brodée d'or et d'argent, et
couchée dans un berceau d'argent massif. Les premières années de la princesse furent marquées par
une piété extraordinaire, qui lui suscita quelques
persécutions. Quand elle eut treize ans, elle épousa
le duc Louis, qui en avait vingt.

L'union de ces deux jeunes gens était merveilleusement assortie. La noblesse et la pureté de l'âme
du landgrave se manifestaient dans son extérieur;
sa mâle beauté était célèbre parmi ses contempo-
rains; nul ne pouvait le voir sans l'aimer. Livré à
lui-même au moment d'entrer dans l'adolescence,
maître à seize ans d'une des principautés les plus

riches et les plus puissantes de l'Allemagne, entouré de tous les prestiges du pouvoir, du luxe et de la vie agitée de cette époque, entouré surtout de perfides conseillers, de flatteurs avides de voir périr sa vertu, jamais il ne fléchit, jamais il ne ternit de l'ombre la plus légère la fidélité qu'il avait promise à Dieu, à lui-même et à celle qu'il aimait en Dieu. En un mot, tout son caractère et toute sa vie peuvent se résumer dans la noble devise qu'il s'était choisie dès ses premières années : *Piété, chasteté, justice.*

Le prince qui offrait un si parfait modèle du chrétien véritable ne pouvait recevoir ici-bas de récompense plus douce et plus belle que l'amour d'une sainte. Il eut cette récompense au plus haut degré, et s'en montra toujours digne.

Dieu bénit le mariage des deux époux en leur donnant plusieurs enfants. Élisabeth, fidèle à l'humilité et à la modestie qu'elle s'était prescrites, conservait scrupuleusement ces vertus au milieu des joies de la maternité comme elle l'avait fait au milieu des magnificences souveraines. Après chacune de ses couches, quand le moment de ses relevailles était arrivé, au lieu d'en faire, comme c'était l'usage, l'occasion de fêtes et de réjouissances mondaines, elle prenait son nouveau-né entre ses bras, sortait secrètement du château, vêtue d'une simple robe de laine et nu-pieds ; elle se dirigeait

vers une église éloignée, celle de Sainte-Catherine,
située hors des murs d'Eisenach. La descente était
longue et rude, le chemin rempli de pierres aiguës
qui déchiraient et ensanglantaient ses pieds délicats. Elle portait elle-même pendant le trajet son
enfant, comme avait fait la Vierge sans tache ; et,
arrivée à l'église, elle le posait sur l'autel avec un
cierge et un agneau, en disant :

« Seigneur Jésus-Christ, je vous offre, ainsi qu'à
votre chère mère Marie, ce fruit chéri de mon
sein. Voici, mon Dieu et mon Seigneur, que je vous
le rends de tout mon cœur, tel que vous me l'avez
donné, à vous qui êtes le souverain et le père très-
aimable de la mère et de l'enfant. La seule prière
que je vous fais aujourd'hui, et la seule grâce que
je vous demande, c'est qu'il vous plaise de recevoir
ce petit enfant, tout baigné de mes larmes, au
nombre de vos serviteurs et de vos amis, et de lui
donner votre sainte bénédiction. »

Dans sa maison, elle employait ses loisirs, non
aux délassements délicats de la richesse, mais,
comme la femme forte de l'Écriture, à des travaux
pénibles et utiles ; elle filait de la laine avec ses
demoiselles d'honneur, et en faisait ensuite de ses
propres mains des vêtements pour ses pauvres ou
pour les religieux. Elle ordonnait souvent qu'on
lui accommodât pour tout repas des légumes, à
dessein mal cuits, sans sel, sans assaisonnement

quelconque, afin de savoir par expérience comment les pauvres étaient nourris, et elle les mangeait avec une grande joie.

Élisabeth aimait à porter aux pauvres, à la dérobée, non-seulement de l'argent, mais encore les vivres et les autres objets qu'elle leur destinait. Elle cheminait ainsi par les sentiers escarpés et détournés qui conduisaient de son château à la ville et aux chaumières des vallées voisines. Un jour qu'elle descendait, accompagnée d'une de ses suivantes, par un petit chemin très-rude que l'on montre encore, portant dans les pans de son manteau du pain, de la viande, des œufs et d'autres mets, pour les distribuer aux pauvres, elle se trouva tout à coup en face de son mari, qui revenait de la chasse. Étonné de la voir ainsi ployant sous le poids de son fardeau, il lui dit :

« Voyons ce que vous portez. »

En même temps il ouvrit malgré elle le manteau qu'elle serrait, tout effrayée, contre sa poitrine; mais il n'y avait plus que des roses blanches et rouges, les plus belles qu'il eût vues de sa vie; cela le surprit d'autant plus que ce n'était pas la saison des fleurs. S'apercevant du trouble d'Élisabeth, il voulut la rassurer par ses caresses; mais il s'arrêta tout à coup en voyant apparaître sur sa tête une image lumineuse en forme de crucifix.

« Continuez votre chemin, lui recommanda-t-il alors, et ne vous inquiétez pas de moi. »

Et il remonta à la Wartbourg, en méditant sur ce que Dieu faisait de sa sainte épouse (1).

Rose devint en peu de temps la confidente favorite de la duchesse, et elle eut bientôt occasion de lui montrer son zèle et son dévouement. A peine le landgrave était-il parti pour se ranger sous la bannière impériale, qu'une affreuse disette se déclara dans toute l'Allemagne, et désola surtout la Thuringe. Le peuple, affamé, fut réduit aux plus dures extrémités : on voyait les pauvres se répandre dans les campagnes, dans les bois et sur les chemins, pour arracher les racines et les fruits sauvages qui servaient ordinairement à la nourriture des animaux. Ils dévoraient les chevaux et les ânes morts, ainsi que les bêtes les plus immondes. Malgré ces tristes ressources, un grand nombre de ces malheureux moururent de faim.

A la vue de tant de misères, le cœur d'Élisabeth s'émut d'une pitié immense. Désormais son unique pensée, son unique occupation, nuit et jour, fut le soulagement de ses infortunés sujets. Le château de la Wartbourg, où son mari l'avait laissée, devint comme le foyer d'une charité sans bornes, d'où découlaient sans cesse d'inépuisables bienfaits sur

1. Montalembert, *Histoire de sainte Élisabeth de Hongrie.*

les populations voisines. Elle commença par distribuer aux indigents du duché tout ce qu'il y avait
d'argent comptant dans le trésor ducal, ce qui se
montait à la somme, énorme pour cette époque, de
soixante-quatre mille florins d'or, lesquels prove-
naient de la vente récente de certains domaines.
Puis elle fit ouvrir tous les greniers de son mari,
et, malgré l'opposition des officiers de sa maison,
elle en fit distribuer tout le contenu au pauvre
peuple, sans en rien réserver.

La princesse sut cependant unir la prudence à
cette générosité sans bornes. Au lieu de donner le
blé par grandes quantités, qui auraient pu être em-
ployées inconsidérément, elle faisait distribuer
chaque jour à chaque pauvre la portion qui pouvait lui être nécessaire. Pour leur épargner toute dé-
pense quelconque, elle faisait cuire dans les fours
du château autant de farine qu'ils pouvaient conte-
nir, et servait elle-même le pain tout chaud aux
malheureux. Neuf cents pauvres venaient ainsi
chaque jour lui demander leur nourriture, et s'en
retournaient chargés de ses bienfaits.

Mais il y en avait encore un plus grand nombre
que la faiblesse, la maladie ou les infirmités empê-
chaient de gravir la montagne où était située la résidence ducale ; ce fut surtout pour ceux-ci qu'Élisabeth redoubla de sollicitude et de compassion
pendant cette crise douloureuse. Elle portait elle-

même au bas de la montagne, à quelques-uns qu'elle avait choisis parmi les plus infirmes, les restes de ses repas et de ceux de ses suivantes, et c'était presque tout, tant chacune avait peur de diminuer la part des pauvres.

Dans un hôpital de vingt-huit lits, que la duchesse avait fondé à mi-côte de la montée du château, elle plaça les malades qui réclamaient des soins particuliers, et elle l'organisa de telle sorte que, un des malades à peine mort, son lit était sur-le-champ occupé par un autre venu du dehors.

Elle institua ensuite deux nouveaux hospices, dans la ville même d'Eisenach : l'un, sous l'invocation du Saint-Esprit, pour les pauvres femmes; et l'autre, sous celle de sainte Anne, pour tous les malades en général.

Tous les jours sans exception, et deux fois, le matin et le soir, la jeune princesse descendait et remontait la longue et rude côte qui conduit de la Wartbourg à ces hospices, malgré la fatigue qu'elle en ressentait, pour y visiter ses pauvres, et leur apporter ce qui leur était nécessaire ou agréable. Arrivée dans ces asiles de la misère, elle allait de lit en lit, demandait aux malades ce qu'ils désiraient, et leur rendait les services les plus rebutants, avec un zèle et une tendresse que l'amour de Dieu et sa grâce spéciale pouvaient seuls lui in-

spirer. Elle servait de ses propres mains la nourriture à ceux dont les maladies étaient les plus
dégoûtantes, faisait elle-même leurs lits, les soule-
vait, et les portait, sur le dos ou entre les bras, sur
d'autres lits, essuyait leur visage, leur nez et leur
bouche, avec le voile qu'elle portait sur la tête, et
tout cela avec une aménité et une gaieté que rien
ne pouvait altérer.

Bien qu'elle eût une répugnance naturelle pour
le mauvais air, et qu'en temps ordinaire il lui fût
presque impossible de l'endurer, elle se rendait cependant au milieu de l'atmosphère méphitique des
salles de malades, par les plus grandes chaleurs de
l'été, sans exprimer la moindre répugnance.

Elle avait fondé dans un de ses hospices un asile
particulier pour les pauvres enfants malades,
abandonnés ou orphelins : ils étaient l'objet spé-
cial de sa tendresse ; elle les entourait des soins
les plus doux et les plus affectueux. Leurs petits
cœurs comprenaient bientôt quelle douce mère le
Seigneur avait daigné leur donner dans leur misère.
Toutes les fois qu'elle venait au milieu d'eux, comme
les poussins qui courent se cacher sous les ailes de
leur mère, tous se précipitaient vers elle et s'atta-
chaient à ses vêtements, en criant :

« Maman! maman! »

Elle les faisait asseoir, leur distribuait de petits
présents, examinait l'état de chacun d'eux ; elle

témoignait surtout son affection et sa pitié à ceux dont les maux faisaient le plus horreur, en les prenant sur ses genoux et en les comblant de caresses.

Le temps qu'elle pouvait dérober à la surveillance des hospices, elle le consacrait à parcourir les environs de la Warthbourg, distribuant des vivres et d'autres secours aux indigents qui ne pouvaient monter jusqu'au château, visitant les moindres chaumières, et y rendant les services les plus bas et les plus étrangers à son rang. Elle s'efforçait de se trouver auprès du lit de mort des agonisants, afin de les aider dans cette lutte suprême, recueillait leur dernier soupir dans un baiser de fraternelle charité, et priait Dieu avec ferveur, pendant des heures entières, de sanctifier la fin de ces infortunés, et de les recevoir dans sa gloire.

Pendant cette famine, elle se montra plus que jamais fidèle à veiller aux obsèques des pauvres, et, malgré l'accroissement de la mortalité, on la voyait toujours accompagner leur dépouille au tombeau, après les avoir ensevelis de ses propres mains dans la toile qu'elle avait elle-même filée à cet effet, ou bien qu'elle prenait parmi ses vêtements. Un jour, elle découpa pour cet usage un grand voile blanc qu'elle portait habituellement. Mais elle ne pouvait souffrir qu'on employât à ensevelir les riches des étoffes neuves ou précieuses, et exigeait qu'on les

vendit au profit des pauvres, et qu'on les remplaçât
par d'autres de peu de valeur.

Les malheureux prisonniers n'échappaient pas
non plus à sa sollicitude ; elle allait les visiter
partout, délivrait à prix d'argent, autant qu'elle
pouvait, ceux qui étaient détenus pour dettes,
pansait les blessures que les chaines avaient faites
aux criminels, puis se mettait à genoux, et demandait à Dieu de veiller sur eux, et de les préserver
de toute peine et de tout châtiment futur.

Toutes ces occupations, si propres à faire naître
dans l'âme humaine la fatigue, le dégoût et l'impatience, produisaient en elle une paix et une joie
célestes. Tandis qu'elle répandait sur tant d'infortunés les trésors de sa charité, elle avait la pensée
et le cœur toujours élevés vers Dieu, et interrom-
pait souvent ses bienfaisantes occupations pour lui
dire à haute voix :

« O Seigneur ! je ne peux assez vous remercier
de ce que vous me donnez l'occasion de recueillir
ces pauvres gens, qui sont vos plus chers amis, et de
ce que vous me permettez de les servir ainsi moi-
même. »

Ce n'était pas seulement aux populations voisines
de sa résidence qu'elle réservait ses soins et son
amour : tous les sujets de son mari, même les plus
éloignés, étaient également l'objet de sa noble et
maternelle sollicitude. Elle donna des ordres exprès

5*

pour que tous les revenus des quatre principautés que possédait le duc Louis fussent consacrés au soulagement et à l'entretien de ceux que la disette laissait sans ressources, et veilla strictement à l'exécution de cet ordre, malgré l'opposition de la plupart des officiers du landgrave. De plus, et comme pour tenir lieu des secours et des soins personnels que l'éloignement l'empêchait de donner elle-même à cette portion de ses sujets, elle fit vendre toutes ses pierreries, ses bijoux et objets précieux, et leur en fit passer le prix.

Ces dispositions furent continuées jusqu'à la moisson de 1226. Alors la duchesse réunit tous les pauvres en état de travailler, hommes et femmes, leur distribua des faux, des chemises neuves, même des souliers, pour que leurs pieds ne fussent pas meurtris et déchirés par le chaume resté dans les champs, et les envoya à l'ouvrage. Tous ceux qui n'étaient pas assez forts pour travailler recevaient aussi des vêtements qu'elle avait fait fabriquer ou acheter au marché à cet effet. Elle offrait elle-même ces dons, et y joignait de doux encouragements, de tendres adieux et une petite somme d'argent; et, lorsque l'argent lui manqua, elle prit ses voiles et ses robes de soie, et les partagea entre les pauvres femmes, en leur disant :

« Je ne veux pas que vous vous serviez de ces objets comme d'une parure, mais que vous les ven-

diez pour subvenir à vos besoins, et que vous tra-
vailliez selon vos forces; car il est écrit : «Que celui
qui ne travaille point ne mange point. »

Une pauvre vieille femme, à qui la princesse
avait donné des chemises, des souliers et un manteau, en eut un tel saisissement de joie, qu'après
s'être écrié qu'elle n'avait jamais éprouvé de sa
vie pareil bonheur, elle tomba par terre comme
une morte. Élisabeth, tout effrayée, s'empressa de
la relever, et se reprocha, comme un péché, d'avoir
compromis par cette imprudence la vie de cette
femme (1).

La duchesse de Thuringe fut merveilleusement
secondée dans les œuvres de son ardente charité
par Brigitte et par Rose. Ses autres suivantes mur-
muraient quelquefois des travaux qu'elle leur im-
posait au profit des pauvres; mais ces deux femmes
charitables allaient plutôt au-devant des désirs de
leur sainte maîtresse, et s'acquittaient avec bonheur
des missions de miséricorde qu'elle leur confiait.
Elles obéissaient bien plus encore à leurs sentiments personnels, à la compassion que leur inspiraient toujours les souffrances des malheureux,
qu'aux volontés d'Élisabeth. Elles ne faisaient vé-
ritablement avec elles qu'un cœur et qu'une âme.
Il y avait entre ces trois chrétiennes comme une
pieuse émulation de dévouement.

(1) Montalembert. *Hist. de sainte Élisabeth.*

IX

La mendiante.

L'été de cette même année, une femme jeune encore, mais les traits flétris par le chagrin et la misère, se présenta aux portes de la ville d'Eisenach. C'était à l'heure de midi. L'étrangère, couverte de haillons, pieds nus, traînait avec elle un enfant de sept à huit ans, à peine vêtu, le teint hâve, les yeux cerclés de noir. Elle entra timidement dans la ville, et s'avança par les rues, mendiant de porte en porte, pour l'amour de Dieu, un peu de pain pour son enfant. La récolte n'était point encore terminée, la gêne régnait partout, et personne ne répondait au cri de détresse de la malheureuse. Malgré la chaleur qu'il faisait ce jour-là, la mendiante frissonnait de fièvre ; sa respiration haletante, sa démarche singulièrement pénible, attestaient l'épuisement de la nature.

Ne recevant aucun secours, la pauvre femme, incapable de cheminer davantage, se laissa tomber sur le seuil d'une maison, et se mit à sangloter. L'enfant, qui s'était assis près d'elle, mêla ses larmes à celles de sa mère.

Par bonheur, un passant charitable remarqua cette scène navrante, s'approcha de la mendiante, lui prit la main pour lui aider à se relever, et lui dit :

« Venez avec moi, pauvre affligée ; je vous conduirai en un lieu où vous serez entourée de soins et soulagée.

— Où voulez-vous me mener? demanda l'infortunée d'une voix faible.

— A l'hospice du Saint-Esprit, répondit l'homme compatissant.

— On me refusera l'entrée de cette maison, fit la mendiante.

— Ne craignez rien; notre bonne duchesse l'a fondée tout exprès pour les femmes délaissées comme vous.

— Mais je suis une étrangère, objecta la jeune mère.

— Qu'importe? la sainte duchesse ne voit dans tous que des frères et des sœurs. Vous et votre fils serez parfaitement accueillis. »

La mendiante leva vers le ciel un long regard chargé de reconnaissance, et elle suivit son guide. S'étant présentée à la porte de l'hospice, elle y fut admise sur-le-champ avec son enfant, et on leur donna tous les soins que leur état réclamait.

Le lendemain, selon sa coutume, la duchesse Élisabeth vint visiter les salles, accompagnée d'une de ses suivantes et de l'épouse de Frank

Muller. La princesse s'avança tout d'abord vers l'inconnue, et s'informa avec une bonté touchante de sa situation. La mendiante entr'ouvrait les lèvres pour répondre, quand son regard se porta sur Rose. A sa vue, elle tressaillit et parut en proie à un trouble extraordinaire.

« Qu'avez-vous, pauvre femme? » s'informa la duchesse.

L'étrangère ne répondit pas; mais elle continua de contempler Rose, et lui tendit enfin les bras en s'écriant :

« Quoi! tu ne me reconnais pas?

— Qui êtes-vous donc? murmura Rose, qui se sentit le cœur tout ému à ce son de voix.

— Ah! reprit la mendiante, le malheur m'a bien changée, il a fait de terribles ravages sur mes traits, puisque les miens ne me reconnaissent pas. Je suis ta sœur Marguerite! »

A ce nom, Rose pâlit, et se précipitant vers la nouvelle venue, elle l'étreignit dans ses bras, la couvrant de baisers et la baignant de ses larmes.

La duchesse, qui avait appris le mariage et la disparition de Marguerite, s'attendrit elle-même en examinant les traces profondes que l'adversité avait laissées sur le visage de cette infortunée. A son tour, le sourire sur les lèvres, elle lui prit les mains, l'embrassa avec une angélique tendresse, et lui dit :

« Nous aurons tant soin de vous, chère Marguerite, nous vous entourerons d'une si vive affection, que vous oublierez vos épreuves passées.

— Dieu vous entende, Madame! répondit la sœur de Rose; mais lui seul peut effacer de mon âme les cruels souvenirs qui la torturent.

— Il aura pitié de vous.

— Hélas! je l'ai tant offensé!

— Oui; mais, s'il en est ainsi, songez que sa miséricorde est inépuisable.

— Ange du ciel, votre présence ici me fait croire que le Seigneur daigne me pardonner et mettre un terme à ma misère. Ah! qu'il bénisse aussi mon pauvre enfant! »

Le fils de Marguerite n'était pas auprès de sa mère en ce moment, il jouait dans une autre salle. La duchesse le fit appeler; il se présenta avec quelque embarras. Mais les caresses d'Élisabeth l'eurent bientôt enhardi, et il répondit avec intelligence aux questions qui lui furent posées. Alors la princesse, se tournant vers Marguerite qui suivait tous ses mouvements, reprit :

« Où alliez-vous, quand vous êtes tombée d'inanition dans les rues d'Eisenach?

— Je cherchais de quoi subsister.

— N'avez-vous donc aucun asile?

— Aucun; il ne me reste pas même un toit pour m'abriter.

— Votre mari est-il mort?

— Je l'ignore.

— Il vous a abandonnée, alors?

— A peu près. Du moins, il est parti pour une expédition, et je ne l'ai plus revu.

— Eh bien! pauvre Marguerite, ajouta la duchesse, puisque vous êtes désormais seule sur la terre avec votre enfant, et que celui qui avait mission de vous protéger méconnaît son devoir, je veux que vous viviez, près de votre mère et de votre sœur, dans ma propre maison.

— Ah! soyez bénie, Madame. Ma mère, ma bonne mère vit donc encore?

— Elle vit, et vous la verrez bientôt.

— Mais pourra-t-elle me pardonner? demanda Marguerite en sanglotant.

— Le cœur d'une mère renferme des trésors d'indulgence, affirma la princesse.

— Je suis si coupable!

— Tu es plus à plaindre qu'à blâmer, sœur chérie, déclara Rose. Je puis t'assurer que notre mère, depuis ton départ, n'a point eu de joie parfaite, et de toutes les épreuves qu'elle a subies avec nous la plus pénible était ton absence et son anxiété à ton sujet. Juge donc si elle sera heureuse de te revoir. Je te le promets en son nom, tu seras reçue à bras ouverts, comme autrefois l'enfant prodigue. »

Ces assurances consolèrent Marguerite. Le soir même elle fut transportée au château de la Wartbourg, et établie dans une chambre convenable. Brigitte l'y attendait. La mère et la fille, dominées par une émotion inexprimable, confondirent pendant quelques instants leurs embrassements et leurs pleurs, et dès que Marguerite put parler, elle sollicita un pardon qui lui fut accordé avec bonheur.

« J'ai porté la peine de mon indocilité et je la porte encore, dit-elle. Je comprends maintenant que Dieu, dans son infinie sagesse, a donné aux parents des lumières spéciales pour diriger leurs enfants dans les voies de l'avenir. J'ai été grandement coupable, ma mère, d'avoir méprisé vos conseils ; mais le châtiment a été terrible.

— Écarte, ma fille, ces douloureux souvenirs ; abandonnons-nous complétement à la joie de notre réunion.

— Cependant je veux vous raconter mon passé, les cruelles douleurs que j'ai subies.

— Un peu plus tard ; aujourd'hui tu es trop faible. Crois-moi, ne cherche point à multiplier les émotions. »

Marguerite se rendit aux avis de Brigitte, et ajourna le récit des années écoulées depuis son départ avec le capitaine Othe Brünner. Les soins qui lui furent prodigués, l'affection que sa mère, sa

6

sœur et la duchesse elle-même lui témoignaient, contribuèrent promptement à la rétablir. Son enfant sembla renaître également. Au bout de quelques jours il n'était plus reconnaissable; sa bonne mine, son intelligence précoce, ses dispositions à la vertu, charmaient la princesse ainsi que Brigitte et Rose.

L'infortunée Marguerite, se sentant à peu près remise, ne voulut pas tarder davantage à retracer les dernières années de sa vie, marquées par tant de malheurs. Se trouvant seule avec sa mère et sa sœur, elle allait commencer, lorsque Rose l'arrêta.

« Ma sœur, lui dit-elle, la duchesse a exprimé un vœu que tu peux exaucer.

— Que désire la noble princesse ? s'enquit Marguerite. Je n'ai pas le droit de lui rien refuser, car elle est pour moi une seconde providence.

— Elle souhaiterait apprendre de ta bouche les événements qui ont marqué ta vie dans ces dernières années.

— Eh bien, je consens volontiers à les raconter en sa présence, déclara Marguerite; je connais trop son cœur pour douter de son indulgence. Allons donc la trouver. »

Les trois femmes se levèrent, et se rendirent auprès de la duchesse. Élisabeth s'occupait en ce moment de préparer des vêtements pour les pauvres. Elle reçut ses visiteuses avec la plus aimable bien-

veillance. Ayant appris le motif de leur venue, elle
témoigna de nouveau le désir d'entendre l'histoire
de Marguerite.

« Il y a toujours profit à écouter de semblables
narrations, ajouta-t-elle : l'expérience d'autrui,
heureuse ou malheureuse, sert à former la nôtre. »

Ainsi encouragée, Marguerite commença :

« Le lendemain de mes noces, dit-elle, je quittai
notre paisible hameau de Haslingen avec le capitaine Othe Brünner, devenu mon mari. Nous che-
vauchions en tête de la troupe qu'il commandait,
et nous voyageâmes ainsi plusieurs semaines, sans
incident remarquable. Le brillant cavalier ne se
départait point envers moi de ses attentions déli-
cates. Aussi je me félicitais de plus en plus de mon
choix, et je comptais pour rien ma séparation et
mon éloignement de mes chers parents.

« Arrivés dans une petite ville de la frontière du
Tyrol, nous nous y arrêtâmes quelques jours. Je
m'imaginais encore, d'après les promesses de mon
mari, qu'il allait confier sa troupe à un autre chef,
et me conduire dans ce château du pays de Juliers
dont il m'avait tant parlé. La ville tyrolienne où
nous venions de faire halte était déjà occupée par
une autre bande, et je ne tardai pas à savoir que
c'était celle-là même qui avait dévasté notre pays
et incendié notre maison de Haslingen. Étonnée de
cette rencontre, je le fus bien davantage quand je

vis les deux troupes fraterniser et se ranger sous une seule bannière. Dès que je rejoignis mon mari, je l'interrogeai à ce sujet.

« — Ignores-tu, lui dis-je, que ces hommes sont des bandits?

« — Je les connais, répondit-il froidement.

« — En effet, repris-je, tu nous as promis, à Haslingen, de faire châtier leur chef pour les brigandages qu'il avait commis dans la contrée.

« — Je ne puis guère exécuter une telle promesse, déclara-t-il évasivement.

« — Alors tu m'as trompée! » m'écriai-je pleine d'indignation.

« Le visage de mon mari se rembrunit soudain, et il me lança un regard de colère si effrayant, que je frissonnai de tous mes membres.

« — Ne le prends jamais avec moi sur ce ton, » recommanda-t-il d'une voix sombre.

« Pourtant j'eus la force d'insister.

« — Ne partirons-nous pas bientôt pour le pays de Juliers? m'informai-je.

« — Je suis contraint de rester ici, répliqua-t-il brusquement.

« — Cependant nous vivrions paisibles dans les domaines de Flandre.

« — Tu te trompes; ces contrées sont en feu. Le roi de France, l'Empereur et le comte de Flandre les ont choisies comme théâtre de la guerre. »

« Voyant que je paraissais peu convaincue, il m'enveloppa d'un regard rempli d'une ironie si cruelle, que je ne l'ai jamais oublié depuis.

« — Si je refuse de te conduire au pays de Juliers, ajouta-t-il, et de te mettre en possession des terres dont tu parles, c'est que j'ai pour cela une raison telle, qu'il me sera inutile d'en donner d'autre quand je l'aurai exposée.

« — Je t'écoute, fis-je avec quelque hauteur.

« — Sache donc que je n'ai au pays de Juliers pas plus de terre que dans ma main. »

« Cette révélation m'accabla; néanmoins je comprimai la souffrance atroce qui m'étreignait le cœur, et je murmurai :

« — Quoi qu'il en soit, je t'en supplie, sépare-toi du chef de bandits.

« — Impossible.

« — Pourquoi ?

« — C'est mon frère. »

« A ces mots, l'épouvantable vérité m'apparut tout entière, et je m'évanouis. Quand je revins à moi, j'étais seule. Bientôt une femme que mon mari avait récemment mise à mon service se présenta. Je voulus la renvoyer; mais elle parut éprouver tant de chagrin de ce que je la soupçonnais d'être complice des brigands à qui j'étais livrée, que je consentis à la garder. Elle était honnête, et me fut utile dans la suite.

« Huit jours se passèrent sans que mon mari reparût ; je commençais à croire qu'il rougissait de m'avoir si indignement trompée ; mais le neuvième jour je le revis, le sarcasme et l'insulte sur les lèvres.

« — Je t'annonce, comm nça-t-il d'une voix rauque, l'arrivée de Rodolphe, mon troisième frère. »

« Je gardai le silence, et il ajouta :

« — Il a traversé Haslingen à la tête de sa bande, et il t'apporte des nouvelles de ton hameau. »

« À ces mots, qui me rappelaient ma mère, ma sœur, Frank Muller, je ne pus m'empêcher de lever sur le capitaine un regard interrogateur. Il comprit bien ma curiosité, et se hâta de reprendre :

« — Tes compatriotes ont fait du mal à mon frère en lui tuant une partie de ses hommes ; mais aussi il ne reste plus à Haslingen pierre sur pierre. Il a tiré une vengeance complète des imprudents qui se sont attaqués à lui. »

« Cet effroyable récit me rendit folle de douleur et de désespoir ; je me précipitai sur le bandit, qui recula sous mon regard irrité, et me laissa seule avec moi-même. Je crus que tous les habitants du hameau avaient péri, et mes parents avec eux. Depuis lors je n'ai cessé de pleurer ma fatale désobéissance, et d'en demander pardon à Dieu.

« D'autres bandes étant arrivées, Othe Brünner

et ses compagnons descendirent en Italie. En partant, mon mari me défendit de quitter le Tyrol, et, pour m'ôter toute tentation de fuir, laissa près de moi deux vieux Brabançons. Ce luxe de précautions était inutile, car je n'avais point la pensée de m'évader. Liée par ma faute à un homme perdu de crimes, j'estimai que Dieu m'ordonnait en expiation de respecter les nœuds formés devant ses autels. D'ailleurs, où me serais-je réfugiée, puisque Haslingen et mes parents, je le croyais, n'existaient plus?

« Trois ans s'écoulèrent avant qu'Othe Brünner et ses frères revinssent. Lorsqu'ils reparurent, ce fut avec une poignée d'hommes seulement; le reste avait péri dans les combats. Mon mari demeura près d'un an avec moi. Je pris le parti de garder le silence sur le passé, et il parut me savoir quelque gré de cette réserve. Il repartit avec une nouvelle troupe; et pendant cette seconde absence je mis au monde un fils, celui-là même qui m'a suivi dans ce château; je le nommai Konrad, et je remerciai Dieu de m'avoir envoyé, dans mon malheur, cette consolation.

« A son retour, Othe Brünner fit taire un instant les sombres préoccupations auxquelles il était ordinairement livré, pour célébrer l'avénement de son fils; après quoi il me quitta de nouveau. Durant cinq ans je ne fis, pour ainsi dire, que l'entrevoir deux ou trois fois. Ces courtes visites m'étaient pénibles; car il paraissait en proie à une sourde irritation dont je ne pouvais pénétrer la cause.

« Enfin il partit, et ne revint plus. Il m'avait dit :

« — Je ne sais quand je te rejoindrai, et je ne puis aujourd'hui que te laisser une faible somme.

« — Comment ferai-je, et que deviendra notre enfant lorsqu'elle sera épuisée? demandai-je.

« — Je l'ignore, » répliqua-t-il avec impatience.

« Je me tus, voyant que je ne pouvais tirer autre chose de Brünner. Au bout d'un instant de silence, il ajouta :

« — Si dans un an je n'ai pas reparu, tu pourras quitter le Tyrol.

« — Où irai-je? lui dis-je avec angoisse.

« — Où il te plaira, » répliqua-t-il.

« Et il se retira promptement, sans me laisser le temps de lui adresser d'autres paroles.

« Un an après cette séparation, ne le voyant pas venir, je supposai qu'il nous avait abandonnés, moi et mon enfant, ou qu'il avait péri. Bientôt je tombai dans une extrême détresse. Le chagrin qui me minait, en exténuant mes forces, m'avait rendue incapable de gagner ma vie par le travail. Je me vis réduite à mendier.

« Je partis du Tyrol avec mon malheureux enfant, et je parcourus péniblement les villes et les bourgades de l'Allemagne méridionale, sollicitant de la pitié publique un peu de pain, quelques vêtements et un toit pour la nuit.

« La disette vint mettre le comble à mes maux. Je crus, en tombant dans les rues d'Eisenach, que mes infortunes allaient se terminer avec ma vie. Si ce n'eût été mon enfant innocent, j'aurais accueilli la mort comme une délivrance.

« Grâce à vous, noble dame, acheva Marguerite en levant vers la duchesse son regard reconnaissant, grâce à   je vis, j'ai retrouvé ma mère, ma sœur chérie, et l'existence de mon enfant est assurée. Soyez donc bénie mille fois de votre inépuisable charité ! »

La princesse, Brigitte et Rose, qui avaient écouté attentivement et avec émotion le récit de l'infortunée, la confirmèrent par de douces paroles dans les réflexions salutaires que lui inspiraient ses longs malheurs.

« Peut-être, lui dit Élisabeth, le Seigneur vous tient-il en réserve pour l'avenir des joies inattendues; ayez toujours en lui pleine confiance, et il vous bénira. »

Dès que Marguerite put sortir, sa mère la conduisit et l'installa avec son fils dans la maison de Frank. Le vieux Hans Klein revit avec joie son ancienne maîtresse, et embrassa de tout son cœur le charmant petit Konrad.

X

Le retour.

La disette et la mortalité avaient complétement cessé, et le pays recouvrait peu à peu son état normal. Le concours de Brigitte et de Rose étant devenu moins nécessaire à la duchesse, les deux femmes passaient quelquefois plusieurs jours de suite, et même une semaine, à leur chère habitation.

Sous l'habile et intelligente direction du vieux Klein, la propriété s'était améliorée. Les fermiers du château, conformément aux ordres donnés par le landgrave avant son départ, avaient cultivé les terres comme l'avait voulu le fidèle serviteur.

La maison avait reçu de notables embellissements, et offrait un charmant coup d'œil; les fleurs, massées autour, l'embaumaient de leurs parfums, et de beaux arbres, bien disposés, lui prêtaient l'ombre et le frais. Tout respirait l'ordre et la paix dans ce délicieux séjour, qui semblait maintenant réclamer la famille tout entière.

Un jour, vers la fin de l'été, Marguerite, Brigitte et Rose étaient réunies avec les enfants à la maison de Frank; les trois femmes s'entretenaient des vertus de la duchesse. Soudain le galop d'un cheval retentit. Hans s'écrie par la porte :

« Venez! vite! vite! » et disparaît aussitôt.

Tous se précipitent sur ses pas. Déjà Hans maintient le cheval, tandis que le cavalier en descend. Mais quel brillant cavalier! Un casque d'acier poli à panache éclatant, une tunique écarlate et brodée, une cotte de mailles dorée en guise de cuirasse, une riche épée au côté, des éperons d'argent à molettes d'or! C'est un chevalier...

C'est Frank. Rose s'élance dans ses bras, et il la serre longtemps sur son cœur; puis c'est le tour de leurs enfants, puis celui de Brigitte.

« Quel est ce petit garçon? demanda-t-il en apercevant Konrad.

— Le fils de notre chère Marguerite, » répond Rose en présentant sa sœur tout interdite.

Et Frank, sans plus s'informer, embrasse la mère et l'enfant.

Arrive timidement Hans, son bonnet en main. Frank court à lui, et dépose sur ses joues ridées deux gros baisers, accompagnés de douces paroles. Le vieillard ne peut répondre; il ne sait que pleurer. D'ailleurs tous les yeux roulaient des larmes, mais des larmes de tendresse et de joie.

« Allons remercier Dieu, » dit Brigitte.

Et, rentrés au logis, ils s'agenouillèrent devant l'image de Jésus-Christ en croix, et suivirent un long acte d'adoration et de reconnaissance que la pieuse veuve lisait à haute voix dans son livre. Ce devoir accompli, chacun prit un siége.

« Maintenant, commença Rose, raconte-nous comment tu as conquis ton grade de chevalier.

— Oui ! oui ! fit-on de toutes parts.

— Volontiers, dit Frank, mais uniquement pour votre désir ; car il est peu séant de chanter l'hymne de sa propre gloire. »

Les réflexions de Frank furent accueillies des trois femmes par un éclat de rire joyeux. Le guerrier fit chorus avec elles, et commença en ces termes :

« Je n'ai pas reçu de la nature, vous le savez, le don de parler longuement ; je vous retracerai donc succinctement les événements dont j'ai été témoin, surtout ceux dans lesquels j'ai joué un rôle. Dès que nous eûmes rejoint l'armée impériale, on nous assigna notre rang de bataille, et bientôt nous marchâmes à l'ennemi. Je combattis sous les yeux du landgrave ; il fut satisfait de ma conduite, et il le proclama à la première revue. Victorieux une première fois, nous reçûmes l'ordre de nous porter en avant. Les troupes de notre duc marchaient à l'aile droite. Tombés dans une espèce d'embuscade, nous fîmes halte, et le conseil se réunit. Pendant qu'on délibérait, je poussai une reconnaissance dans les environs, et me rendis pleinement compte de la situation; puis, revenu au campement, je demandai à parler au prince. Admis en sa présence, sous la tente même où les chefs étaient réunis, j'ouvris un avis qui parut sage; on le suivit, et le lendemain le landgrave déclara à haute voix que j'avais sauvé l'armée. Dans un autre combat, un gros d'ennemis presse le duc, l'entoure; il va périr ou tomber prisonnier. Lançant mon cheval, je fonds sur eux comme un ouragan; quatre mordent la poussière, et le reste s'enfuit.

« Il m'arriva, continua-t-il, pendant le cours de la guerre d'autres heureux événements, qui donnèrent de moi au landgrave une bonne opinion, que je ne méritais pas sans doute, mais que je ne me sentis pas le courage de combattre.

— Tu mérites, ami Frank, interrompit Brigitte ravie, tout le bien qu'on pense de toi, et dans les palais, et dans les chaumières.

— Vous aussi vous me flattez, chère mère! répliqua Frank en souriant; le moyen que je ne ressente point quelque orgueil!

— J'en suis sûre, ce n'est autre chose chez toi que la conscience d'avoir loyalement et bravement agi; et certainement tu attribues tes succès à Dieu et tu lui en rends grâces. Mais tu ne nous as pas dit encore comment tu as reçu l'épée et les éperons des chevaliers.

— J'y arrive, déclara Frank. Deux mois avant
de quitter l'Italie, le landgrave m'appela sous sa
tente.

« — Frank, me dit-il avec bonté, je suis content de tes services. »

« Je m'inclinai respectueusement, et il reprit :

« — Il est temps que je t'accorde une récompense enviée de tous les guerriers. J'ai résolu de
te faire chevalier. »

« Confus d'une faveur si brillante, je balbutiai
je ne sais au juste quelle réponse, alléguant sans
doute l'humilité de ma naissance et de ma condition antérieure; mais le prince coupa court à tout
en me demandant :

« — Frank, refuses-tu?

« — Non, seigneur! m'écriai-je; tout indigne
que je suis d'un tel honneur, je l'accepterai comme
une inestimable récompense du peu que j'ai fait,
et comme un moyen de vous rendre peut-être
quelques services de plus.

« — A la bonne heure! fit le landgrave; pré-
pare-toi comme il convient à un chrétien; demain
tu seras chevalier. »

« En effet, le jour suivant, en présence des guerriers de la Thuringe rassemblés, le bon duc Louis
me conféra solennellement l'ordre de la chevalerie.
Je n'eus pas le temps d'illustrer ma situation nouvelle. Le landgrave, informé des maux qui avaient

affligé son pays, demanda un congé à l'Empereur, et, l'ayant obtenu, il repassa aussitôt les Alpes. »

Tel fut le récit du brave chevalier.

Le retour du landgrave répandit une joie immense dans toute la Thuringe. Sa mère, ses jeunes frères se réjouirent aussi vivement ; mais la joie d'Élisabeth, la bonne duchesse, surpassa celle de tous les autres. C'était la première absence prolongée qu'avait faite cet époux qui lui était si cher, qui la comprenait, et sympathisait avec tous les élans de son âme vers Dieu et une vie meilleure. Elle seule aussi, avec ce merveilleux instinct des âmes saintes, avait sondé toute la richesse de l'âme de son époux, tandis que le reste des hommes lui attribuait toujours des sentiments et des passions semblables à ceux des autres princes de son temps.

Les principaux officiers de la maison ducale, craignant sa colère quand il apprendrait l'emploi de ses trésors et de ses provisions, allèrent à sa rencontre, et lui dénoncèrent ce qu'ils appelaient de folles largesses, et comment la duchesse avait, malgré leurs efforts, vidé tous les greniers de la Wartbourg et dissipé tout l'argent qu'il avait laissé à leur garde.

Le landgrave, irrité de ces plaintes, interrompit brusquement les courtisans en leur demandant :

« Ma chère femme se porte-t-elle bien ?

— Oui, seigneur, lui fut-il répondu.

« — Voilà tout ce que je veux savoir; que m'importe le reste? »

Les plaignants se turent; puis le prince ajouta en leur lançant un regard sévère :

« Je veux que vous laissiez ma bonne petite Élisabeth faire autant d'aumônes qu'il lui plait, et que vous l'aidiez plutôt que de la contrarier; laissez-lui donner tout ce qu'elle veut pour Dieu, pourvu seulement qu'elle me laisse Eisenach, la Wartbourg et Nau..bourg. Dieu nous rendra tout le reste quand il le trouvera bon. Ce n'est pas l'aumône qui nous ruinera jamais. »

Et aussitôt il se hâta de rejoindre la duchesse. Lorsqu'elle le revit, sa joie ne connut plus de bornes; elle se jeta dans ses bras, et le baisa mille fois de bouche et de cœur.

« Chère sœur, lui dit-il, que sont devenus tes pauvres durant cette mauvaise année? »

Elle répondit doucement :

« J'ai donné à Dieu ce qui était à lui, et Dieu nous a gardé ce qui est à toi et à moi (1). »

Frank Muller, revenu le soir chez lui, raconta toutes ces choses; puis, tirant les trois femmes à l'écart, il ajouta :

« J'ai de plus des nouvelles d'Othe Brünner.

— Quoi! vous! est-ce possible! s'écria avec inquiétude Marguerite.

(1) D'après M. de Montalembert.

— Ne vous alarmez pas, sœur, reprit le nouveau chevalier; ces nouvelles sont bonnes, et de nature à vous satisfaire pleinement. Entraîné loin de nous par le sort de la guerre, le capitaine Othe Brünner s'était engagé avec une bande au service d'un prince allemand qui conduisait des renforts à l'empereur latin de Constantinople. Mais les vaisseaux qui portaient ces guerriers firent naufrage sur les côtes de la Grèce; le capitaine et quelques-uns de ses compagnons furent sauvés miraculeusement. Touché de cette grâce insigne, Othe Brünner se convertit sincèrement, et jura de se rendre en pèlerinage aux lieux saints, la tête et les pieds nus. Ce vœu, il l'a fidèlement accompli. A la suite de sa visite au tombeau de Jésus-Christ, il a été longtemps retenu parmi les défenseurs de la Terre-Sainte. »

Les trois femmes prêtaient à Frank une attention facile à comprendre. Voyant qu'il suspendait son récit, Marguerite s'écria :

« Qu'est-il avenu de mon mari?

— Cette année même, reprit Frank, il est débarqué dans un port de l'Adriatique. Il avait hâte de vous rejoindre pour vous consoler et réparer sa conduite passée; mais il servait sous une bannière ennemie de l'Empereur; nous assaillîmes sa troupe, et nous nous en emparâmes. Othe Brünner était parmi les prisonniers, et nous nous reconnûmes.

— Où est-il maintenant? demanda vivement Marguerite.

— Vous le saurez bientôt, répliqua Frank en souriant mystérieusement. Qu'il me suffise de vous dire qu'il se porte bien et ne respire qu'après l'instant où vous lui pardonnerez ses fautes, ses torts immenses envers vous.

— Qu'il vienne! qu'il vienne! tout est oublié, puisqu'il est chrétien et repentant! »

Muller sortit sans rien ajouter. Il rentra aussitôt, accompagné d'Othe Brünner lui-même. Le capitaine, le visage profondément triste et l'œil humide, se préparait à s'agenouiller aux pieds de l'épouse qu'il avait si cruellement trompée et si facilement délaissée; mais Marguerite ne lui en laissa pas le temps. Elle se jeta en sanglotant au cou de son mari, et l'assura qu'elle lui rendait son ancienne et ardente affection.

Brigitte et Rose se montrèrent également généreuses envers l'homme qui avait empoisonné une partie de leur vie; il ne tombait de toutes ces lèvres chrétiennes que des paroles de réconciliation. Othe Brünner embrassa son fils avec transport, et protesta qu'il voulait commencer une existence nouvelle, sainte et laborieuse.

« Que sont devenus tes frères? lui demanda Marguerite quand les premières émotions se furent calmées.

— Ils ont péri misérablement, répondit le capitaine avec douleur : l'un par le glaive, l'autre par le gibet. »

Le landgrave fut touché de la conversion d'Othe Brünner, et lui offrit du service dans ses troupes ; mais le capitaine refusa, alléguant avec raison qu'il se devait tout entier à sa femme et à son enfant.

Frank reçut du prince une terre et un château en récompense de ses belles actions. Il laissa alors son domaine à sa belle-sœur, qui y vécut de longues années, avec son mari, dans l'union et la paix la plus parfaite.

Brigitte mourut, auprès de Frank et de Rose, dans un âge très-avancé, et Dieu ne cessa de combler de faveurs la famille du brave chevalier, qui fit jouer sur ses genoux ses arrière-petits-fils.

FIN

TABLE
DES CHAPITRES

—

—●—

Tours. — Imp. Mame.

BIBLIOTHÈQUE
DE LA
JEUNESSE CHRÉTIENNE

FORMAT PETIT IN-8°

www.ingramcontent.com/pod-product-compliance
Lightning Source LLC
Chambersburg PA
CBHW070819250626
47170CB00006B/2157